एक और विभाजन

(उपन्यास)

एक और विभाजन

महाश्वेता देवी

अनुवाद

सुशील गुप्ता

वाणी प्रकाशन

वाणी प्रकाशन
4695, 21-ए, दरियागंज, नयी दिल्ली 110 002
फ़ोन : +91 11 23273167 फ़ैक्स : +91 11 23275710

शाखाएँ
अशोक राजपथ, पटना 800 004, बिहार
कॉफ़ी हाउस कैम्पस, महात्मा गांधी मार्ग, इलाहाबाद 211 001, उत्तर प्रदेश
महात्मा गांधी अन्तरराष्ट्रीय हिन्दी विश्वविद्यालय, वर्धा 442 001, महाराष्ट्र
सुल्तानिया रोड, मोतिया पार्क, भोपाल 462 001, मध्य प्रदेश

www.vaniprakashan.com
marketing@vaniprakashan.in
sales@vaniprakashan.in

EK AUR VIBHAJAN
by Mahashewta Devi
Translated by Sushil Gupta

ISBN : 978-93-5229-125-0
Novel

संस्करण 2004, 2006, 2010
आवृत्ति 2020

मूल्य : ₹ 125

सिटी प्रेस, दिल्ली-110 095 में मुद्रित

वाणी प्रकाशन का लोगो मक़बूल फ़िदा हुसेन की कूची से

भूमिका

साम्प्रदायिक-प्रीति की रक्षा तो करना ही होगी, यह बात हम सभी जानते हैं । लेकिन मेरे मन पर उन सभी इन्सानों ने दख़ल कर रखा है, जो लोग अति साधारण हैं । चारों तरफ जब साम्प्रदायिक-उत्तेजना बिखेरी जा चुकी है, उस समय ये अति साधारण लोग, इस कहानी के केन्द्रीय चरित्र जैसी स्थिति में पड़ जाएँ, तो व लोग क्या करेंगे, मैं इस ख़्याल से चिन्तित हूँ । ऐसे लोग आमतौर पर यूं तो बिल्कुल सटीक काम ही करते हैं। चूँकि ये लोग उचित काम करते हैं, इसीलिए कट्टरवाद पराजित हो रहा है, होता रहेगा। लेकिन, इसके लिए उन लोगों को भी सक्रिय होना होगा, जिनके हाथ में कलम है, पेट में विद्या है, जुबान में भाषा है और कंठ में गान है । उन लोगों को निरन्तर सक्रिय रहना होगा ।

यहाँ अपनी भी बात कहना ज़रूरी हो आया है । सन् 1946 के **16 अगस्त** का दिन! उन दिनों मैं, उस ज़माने के धुर दक्षिण कलकत्ते में रहती थी । उन दिनों दक्षिण कलकत्ता, लेक की सीमा तक आकर ख़त्म हो जाता था । मैं हिन्दू मुहल्ले में रहती थी । वह किसी के विवाह की तारीख थी । विवाह के घर में मुस्लिम शहनाई वाले रौशनचौकी बनाकर, शहनाई बजाने आये थे । लेकिन, सब लौट नहीं सके, सब कत्ल भी नहीं हुए । उनमें से बहुतेरों को शरण भी मिली थी । वे लोग बच गये । हालाँकि उत्तेजना महा भयंकर थी । मैंने दक्षिण कलकत्ता को खून में नहाते देखा है । साथ ही इन्सानों को बचाने के लिए, इन्सानों को प्रबल साहस के साथ सड़क पर उतरते हुए भी देखा है । सन् 1964 गें, मैं गड़िया में थी । उस वक्त का तजुर्बा भी भयावह था ।

अब उस इन्सान की बात करूँ, जो अतिशय साधारण था, जिसे कोई नहीं जानता था । जिसको लेकर मैंने 'अनन्त खाटुआ एच एम' कहानी लिखी थी ।

उसका नाम वसन्त खाटुआ था । मेदिनीपुर के किसान परिवार का यह बेटा, किशोर उम्र में ही अपने भाइयों के साथ, आज़ादी की लड़ाई में शरीक हो गया था । हिजली जेल में, जब गोली चली, वसन्त वहीं कैद था । उसके दो बड़े भाई, सन् बयालिस में शायद शहीद हो गये थे । जमीं-जमा भी चला गया । मैं इन सारी कहानियों की सच्चाई पर इसलिए विश्वास करती हूँ, क्योंकि स्व. अजय मुखोपाध्याय जब मुख्यमंत्री थे, वे देशप्रिय पार्क की किसी जनसभा में आये थे । वहां वसन्त पर निगाह पड़ते ही, उन्होंने वसन्त

को अपने पास बुलाया था और उससे बात की । उन्होंने उससे कहा, ''तुम दरख़ास्त दे दो, तुम्हें सरकारी पेंशन मिलेगा' । ''वसन्त ने जवाब दिया,'' देश के लिए काम किया, इसके लिए मैं 'पेंसिल' क्यों लूँगा ? यानी उसने रुपये नहीं लिये ।

यह वसन्त निरक्षर था । बिल्कुल अनपढ़ । दंगे के समय, कालीघाट की किसी बस्ती में रहा करता था । उन दिनों मोतियार रहमान नामक किसी खटाल-मालिक को उसने अपने घर में शरण दी थी । अपनी जान जोखिम में डालकर, उसने उसे महीने भर अपने यहाँ छिपाये रखा । उसके बाद, उन्हें ट्रेन में बिठा आया । करीब साल भर बाद, मोतियार रहमान लौटे और अपनी खटाल का ग्यारह या जाने कितने कट्ठे ज़मीन, वसन्त के नाम लिख-पढ़ गये । वसन्त ने ब्याह नहीं किया था । वह किसी परिवार के साथ रहता था, खुद पकाता-खाता था । कलकत्ता में वह उस ज़मीन के उद्धधार के सिलसिले में टिका हुआ था । लेकिन उससे कहीं ज़्यादा धुरन्धर लोगों ने वह ज़मीन दख़ल कर ली । वसन्त खाटुआ को प्रदत्त उस ज़मीन पर अब जाने किसका तो 'हाइराइज़' लहरा रहा है । लेकिन, मोतियार रहमान को आश्रय देने की घटना कितनी सच है, मैं जानती हूँ । मैंने उस ज़मीन के काग़ज-पत्तर देखे हैं । काफी दौड़-धूप भी की, लेकिन प्रायः रासनिहारी एविन्यू पर ही स्थित, उस ज़मीन पर उसका काग़ज़ी दख़ल होने के बावजूद, निरक्षर-अनपढ़ वसन्त खाटुआ उस ज़मीन पर दख़ल नहीं ले सका ।

शहर और उद्योग-अंचलों में दंगे-फसाद के नाम पर संत्रास फैलाना तो ज़मीन-दख़ल के मामले में भी तो सच होता है । दंगा छेड़कर, अनगिनत स्वार्थपान्वेषी लोग, अनगिनत फायदे उठाते हैं । उन्हें अगर कोई पराजित कर सकती है, तो आम इन्सानों की इन्सानियत और शुभ-बुद्धिध ! वसन्त उसी किस्म का इन्सान था । आज उसे एक बार फिर श्रद्धा से याद कर रही हूँ ।

रज़ाउल करीम, बहरामपुर के बाशिन्दों और मुर्शीदाबाद जिला के लोगों के लिए, करीब साहब थे । उसके बारे में 'मुर्शीदाबाद वीक्षण' (16-30, 19, 93) में लिखा है 'साम्प्रदायिक प्रीति और सांस्कतिक समन्वय के पक्ष में उनकी सशक्त मानसिकता, कुल एक ही दिन में तैयार नहीं हुई । अपनी जवानी की शुरुआती दिनों में उन्होंने खुद, अपनी आंखों से देखा था कि हिन्दू-मुसलमान अपनी धार्मिक फसले बढ़ाकर, एकता के सूत्र में आबद्धध, बहुजातीय बुनियाद पर खड़ी, भारतीय राष्ट्रीयता रचने-गढ़ने की उनकी कल्पना को तबाह करने में लगे हैं । वे समझ गये कि यह सुपरिचित साम्राज्यवादी साजिश है । दोनों ही सम्प्रदाय के धनवान आभिजात्य वर्ग के लोग इसके अगुआ बनकर, अपने-अपने वर्ग-स्वार्थ के लिए, जातीयतावाद को इस्लाम धर्म का अविच्छेद अंग होने का ऐलान करते हैं । ...शिक्षा, नौकरी, सामाजिक प्रतिष्ठा और अर्थनैतिक समृद्धिध - तमाम क्षेत्रों में अग्रणी हिन्दू, जैसे भारतीय लोगों में अनेक धर्म-निरपेक्ष जातीयता की स्वस्थ धारण जगाने की कोशिश कर रहे हैं, वैसे ही इसके साथ-साथ वे लोग पिछड़े हुए मुसलमान भारतीयों में भी वही बोध जगाने की कोशिश कर रहे हैं । अपने लक्ष्य पर अविचल रहते हुए, वे लोग मुसलमानों के लिए पृथक निर्वाचन और शिक्षा-व्यवस्था का विरोध कर रहे हैं; उन लोगों

ने मुस्लिम लीग की संकीर्ण राजनीति को ख़ारिज कर दिया है, भारत की स्वाधीनता और कल्याण के सवाल पर अपने धर्म-परिचय के मुकाबले, अपने भारतीय परिचय को सर्वाधिक महत्त्व दिया है । उन्नीसवीं शताब्दी की पाश्चात्य उदारनीति से जुड़ी, गणतांत्रिक भावधारा, भारतीय राष्ट्रीय आन्दोलन की गतिशीलता और परिवारिक सूत्र से अपने बड़े भाई, मोइउद्दीन हुसेन और नाना, अब्दुल समद की राष्ट्रीयतावादी धारणाओं ने उनकी इस मानसिकता को और परिपुष्ट कर दिया ।'

दरअसल, रज़ाउल करीम ने एक सपना देखा था वह था, धर्म के आधार पर भारतीय लोगों में साम्राज्यवादी साजिश की तहत रची-गढ़ी विभिन्नता की दीवार को ढहा देने का सपना ! वे ज़िन्दगी भर, ज़िन्दगी के आखिरी दिन तक दत्तचित्त होकर, बेहद आन्तरिक भाव से, उस सपने को, सभी लोगों में भर देने की कोशिश में जुटे रहे । उनकी इस कोशिश में कोई मक्कारी या कोई व्यक्तिगत या राजनैतिक स्वार्थ सिद्धध करने की मानसिकता नहीं थी ।

उन्होंने सपना देखा । उस सपने को सबमें बिखेर देने का काम, उन्होंने नियमनिष्ठ सिपाही की तरह किया । इसके अलावा भी कितना कुछ किया है, उस बारे में, मैं भला कितना-सा जानती हूँ । हाँ, जितना कुछ मुझे याद है, उन छोटी-छोटी बातों की ही बात करूँ । मुझे याद है, विजयादशमी की सुबह, वे हमारे यहाँ मिठाई लेकर आ पहुँचते थे। वे मेरे बाबू जी को किस निगाह से देखते थे, वह मैं कैसे बताऊँ ? माँ के निधन के बाद, हम जब बहरामपुर गये थे । अपने सहारे के लाठी, खाजिम अहमद को साथ लेकर, वे हमारे यहाँ आ पहुँचे । दक्षिणी वरामदे में उजाला बिखेरते हुए, वे बैठ गये और उन्हें घेरकर हम सब वह तस्वीर देखते रहते थे, देखते रह जाते थे । ऐसी शिशुवत् हँसी, ऐसी स्नेह-मधुर बातें ! जाते-जाते उन्होंने हमें दिलासा दिया - मैं हूँ न ! जब मन करे, तुमलोग यहाँ चले आना' । सच्ची वे जहाँ बैठे होते थे, उजाला कर देते थे । उनके चरणों में बैठते ही, मन में भरोसा बँधता था । ऐसे सभी इन्सान तो, एक-एक करके, मेरी ज़िन्दगी से विदा लेते जा रहे हैं । बाबू जी ने लिखा था - 'एक विशाल पेड़, जिसकी फुनगी आकाश छूती है ।' करीम साहब ऐसे ही पेड़ थे । बड़े-बड़े महीरुह के दिन तो अब रहे नहीं ! विज्ञान कहता है, आज बरगद या साल का पेड़ लगाओ, तो सौ साल में बड़ा तो हो जाएगा, मगर पहले के पेड़ों की तरह महीरुह, अब नहीं होगा । जो मिट्टी, बाताश, जल वगैरह पेड़ को महीरुह बनाती थी, वह सब अब नहीं रही । करीम साहब जैसे बड़ी माप के इन्सानों की भी अब पुनरावृत्ति नहीं होगी ।

इस किताब में अपनी निजी खूबी या ख़ासियत कुछ भी नहीं है । लेकिन, करीम साहब की स्मृति के प्रति, उनके आदर्श के प्रति, यह छोटा-सा प्रमाण भर है। मैंने यह पुस्तक बिल्कुल उपयुक्त इन्सान को ही उत्सर्ग किया है । रत्ती भर ही सही, अपने को कहीं से भारमुक्त महसूस कर रही हूँ ।

महाश्वेता देवी

एक

पौ फटने से पहले ही केतकी की नींद टूट गयी। इतनी जल्दी आँख क्यों खुल गयी, इसकी वजह वे नहीं बता सकतीं। बस, अन्दर ही अन्दर कहीं परेशानी थी। सोने जाने से पहले, टेबल लैम्प जलाकर, उन्होंने बेटे का ख़त काफी गौर से पढ़ा। शुभम् आमतौर पर ख़त-वत नहीं लिखता। यूँ उसे आने की भी फुर्सत नहीं होती और ख़त भी कम ही लिखता है। केतकी अब इन सबके लिए दुःखी नहीं होतीं। हाँ, बस हर महीने खुद ही एक पोस्टकार्ड लिख भेजती है। केतकी बहुत सालों पहले ही यह जान चुकी थीं कि घर गृहस्थी से उनके नाम पाना बहुत कम है। हाँ, करने को काफी कुछ है। दूसरे लोग उसके लिए भले कुछ न करें, लेकिन उसे अपना फर्ज निभाते रहना होगा।

किसी ज़माने में उनके हिस्से में ढेरों कर्तव्य थे। अब कम होते जा रहे हैं। जो बेटा उन्हें एक भी ख़त नहीं लिखता, उसे वे ख़त लिखती हैं। वह इस कदर निर्लिप्त हो गया है, इसका उन्हें दुःख क्यों नहीं होता? ज़िन्दा रहने के लिए? ज़िन्दा रखने के लिए? हाँ, जीने के लिए और अपने को ज़िन्दा रखने के लिए केतकी को बहुत कुछ सीखना पड़ा है। दुःखी न होना भी सीखना पड़ा है। उन्हें अपने मन को समझाना पड़ा है कि शुभम्, किसी उद्योगपति के मेडिकल रिसर्च क्लिनिक और हार्ट रिसर्च सेंटर का प्रशासनिक अधिकारी है। अफसर है। उसका काम हिसाब-किताब रखना है, दफ्तर चलाना है।

शुभम् की बीवी, राका भी किसी ट्रैवेल एजेंसी की मालकिन है। दोनों की ज़िन्दगी कामकाज में व्यस्त रहती है। इसलिए उन लोगों ने सत्यम और सुन्दरम्, दोनों बेटों को बैंगलोर, राका की माँ के पास छोड़ दिया है। वहाँ रंग-बिरंगे, खूबसूरत फूल खिलते हैं। रास्ता-घाट साफ-सुथरा है। वहाँ के लोग भले और शरीफ हैं। बैंगलोर, कलकत्ते जैसा जघन्य शहर नहीं है। उन लोगों के लिए, पूर्वी कलकत्ता इस पुश्तैनी मकान में रहना कतई मुमकिन नहीं है। यहाँ सँकरी-सँकरी सड़कें; सटे-सटे घर मकान। यह विश्वास करना भी मुश्किल है कि पूरब की तरफ ही, ज़रा आगे बढ़ते ही, विशाल-अछोर खुला मैदान नज़र आएगा, जहाँ अब नये-नये मकान खड़े होते जा रहे हैं। यहाँ का सभी कुछ दूषित है - वाताश, पानी, परिवेश, सभी कुछ! हाँ, राका लोगों के बालीगंज पार्क की अठमंज़िली कोठी के फ्लैट में जो हवा आती है, वह दूषणमुक्त होती है। उनके घर में न कहीं धूल-मिट्टी है, न गन्दगी। समूचा फ्लैट इतना सजा-सँवरा कि वह घर, घर ही नहीं लगता, बल्कि टीवी में दिखाये गये घर मकानों के विज्ञापन जैसा लगता है।

इन उद्योगपति ने आर्त लोगों की सेवा के लिए इतना महँगा और ख़र्चीला रिसर्च सेंटर और क्लिनिक बनवाया है, वहाँ भी मजदूर कर्मचारियों का कोई झमेला नहीं है। इन्सान यहाँ इलाज के लिए पैसे देता है। केतकी को अभी भी याद है। इलाज कराने के लिए लोग बाग अस्पताल ही जाते थे। शुभम् के पापा ज़िन्दगी में सिर्फ एक बार ही अस्पताल गये थे, जब उन्हें हेपाटाइटिस हुआ था। उनके लिए पेइंगबेड मिलने पर, उन्हें किस कदर चैन मिला था। उन्हें लगा था कि वे भी खर्चीला इलाज करा रही हैं। उस ज़माने में तो लोग अस्पताल में ही इलाज कराते थे, वहाँ ढग का इलाज भी होता था। उन दिनों अस्पताल में ही उनके पति का इलाज हुआ था, रात के लिए एक आया भी रखी गयी थी। शुभम् के पापा को बोलने में ख़ासी तकलीफ हो रही थी। वे असँहाय निगाहों से केतकी की तरफ देखते रहे थे। केतकी समझ गयी, पति उससे क्या कहना चाहते हैं।

उन्होंने धीमी आवाज़ में दिलासा दिया था,"घर में अगर रख पाती, तो क्या रखती नहीं? वैद्यनाथ बाबू ने ही तो कहा कि इन्हें अस्पताल में ही रखो, बहू!"

वैद्यनाथ वही डॉक्टर थे, जो चार रुपये की विजिट-फीस पर रोगी देखते थे। शुभम् के पापा का उन पर अटूट विश्वास था। अब केतकी उन्हें कैसे बताती कि यही डॉक्टर उनका रोग पकड़ नहीं पाये। इतने दिनों ग़लत-सलत इलाज करते रहे। अगर वे पहले ही बता देते कि इस रोग का इलाज उनके बूते से बाहर है, तो वे पति को पहले ही न बता देतीं।

शुभम् के पापा ने बेहद तकलीफ से इतना भर कहा! "पी जी में ले आयी हो। अब मैं ज़रूर से ज़रूर अच्छा हो जाऊँगा।"

नहीं, वे निरोग नहीं हुए। हेपाटाइटिस-बी के रोगी थे! उस पर से इलाज में भी, पहले से ही काफी गड़बड़ी हो चुकी थी। डॉक्टर लोग दस दिनों तक मौत से जंग करते रहे, अन्त में हार गये।

केतकी की भाभी ने उन्हें तसल्ली देते हुए कहा, "नहीं! जीवन और मृत्यु तो भगवान के हाथ में है। इसीलिए नन्दोई जी नहीं रहे ! उनकी बस, इतनी ही आयु थी।"

"उनकी आयु थी, भाभी, अभी और जीते वे। वैद्यनाथ डॉक्टर से ही भयंकर चूक हो गयी। काश, यह बात मुझे पहले समझ में आ जाती।"

"ख़ैर, तूने तो अपनी तरफ से कोई कोशिश उठा नहीं रखी, तुझसे तो कोई चूक नहीं हुई। इतना बड़ा अस्पताल! उस पर से पेइंगबेड! खर्चा-पत्तर भी क्या कम किया तूने?"

"अगर वे लौट आते, तो सारा खर्च सार्थक हो जाता।"

"यह तो इन्सान के हाथों में नहीं होता, केतकी, अब अपना मन कड़ा कर। तूने तो यथासाध्य उनका सेवा-जतन किया....."

मामूली माप के इन्सान, शुभम् के बाबू जी और केतकी! मामूली रोग-बीमारी में घरेलू इलाज! उसके बाद, वैद्यनाथ बाबू। मुहल्ला भी तो बिल्कुल वैसा ही था। रुचिए के पापा बड़े डॉक्टर थे। आस-पास बैद्यनाथा बाबू भी थे। मौके-बेमौके हर वक्त वे मिल जाते थे। लोग-बाग दौड़कर वहीं जाते थे।

अब मामूली माप के शख़्स की बीमारी अगर हेपाटाइटिस-बी निकले, तो वैद्यनाथ बाबू भला कैसे अन्दाजा लगा सकते थे? उन्होंने जटिल रोग का इलाज तो कभी किया नहीं था। बस, काह दिया - किसी बड़े डॉक्टर को दिखायें!

शुभम् के बाबू जी के मामले में ही जैसे भूल हो गयी। बेहद महँगी भूल!

वह शख्स तो कभी ख़ास बीमार भी नहीं पड़ा था। बुखार, पेट का रोग बस, यही कुछ! ख़ास कोई बीमारी कभी हुई ही नहीं। हाँ, बीमारी जैसी बीमारी सिर्फ एक ही बार हुई वह था काल! मौत का रोग!

केतकी ही कई-कई बार बीमारी झेलती रही।

शुभम् जब छोटा था, केतकी को टायफायड हो गया। उन दिनों जब किसी को टायफायड होता था, लोग यही मान लेते थे कि रोगी अब नहीं बचेगा। उसकी मौत निश्चित है। अगर बच भी गया, तो कोई न कोई ऐब ज़रूर रह जायेगा। टायफायड के मामले में सेवा-शुश्रूषा पर भी ज़्यादा ज़ोर दिया जाता था।

केतकी की एक ननद का बेटा, सागर उसी जात का लड़का था, जो परोपकार करते फिरते हैं। ख़बर सुनकर वह आ पहुँचा।

उसने मामा को मीठी डाँट पिलायी, "ऐसे मरीज को भला कोई घर में रखता है?"

"फिर कहाँ रखता है?"

"अस्पताल किसलिए होता है? यहाँ भाभी के पास आठों पहर रहेगा कौन?"

उसी ने सारा इन्तज़ाम कर डाला और केतकी को शम्भुनाथ पंडित अस्पताल में भर्ती करा दिया गया। उन दिनों उस अस्पताल में भी चिकित्सा होती थी, शुश्रुषा होती थी। जब वह निरोग होकर घर लौटी, तब भी बहुत दिनों देह में ताकत नहीं थी।

एपेंडिक्स हुआ! वे दिन भी केतकी ने अस्पताल में गुज़ारे।

शुभम् के पापा ने कहा, "बार-बार उसे अस्पताल में भर्ती करना पड़ रहा है, सागर!"

सागर न जवाब दिया, "नेउआ आकर फोड़ा चीर गया, वो सब दिन अब गुज़र गये, मामा!'

उन दिनों केतकी अपने परिवार के साथ कालीघाट पार्क के करीब, एक दो मंज़िले मकान में रहा करती थी। जब वह ब्याह कर आयी, तो इसी घर में उतरी थी। ऊपर-नीचे, कुल मिलाकर पाँच अदद कमरे! आँगन! तलघर! बड़ा सा घर!

बड़ा घर, बड़ा परिवार! केतकी के विवाह से पहले ही भाइयों की रसोई अलग हो चुकी थी। हर कोई अपनी-अपनी गृहस्थी में मगन! कौन किसे देखता है? सागर ने सुबुद्धिर्ध की ही बात कही थी।

शुभम् के पापा को भगवान में अपार विश्वास था। केतकी हर बार, जब अस्पताल से लौटती थी, वे कालीघाट जाकर, देवी मइया को पूजा अर्पित कर आते थे। बेहाद शांत स्वभाव। अतिशय धीरज और जहनशक्ति! वे केतकी का काफी सम्मान भी करते थे। फर्स्ट डिवीजन से मैट्रिक पास लड़की, केतकी! सीधी-सहज, सपाट बातें!

शुभम् के पापा कहा करते थे, "बेटे को बड़ा होने दो। मौका देखकर, मैं ही तुम्हारी

मदद करूँगा। तुम प्राइवेट परीक्षा देना, फिर ग्रेजुएट बन जाना।''

ख़ैर, वह सब तो संभव नहीं हुआ।

वह इन्सान देखते ही देखते, पलक झपकते चला गया। जाते-जाते शायद उन्हें अहसास हो गया था, केतकी के सामने अब बेहद मुश्किल और कड़ी ज़िन्दगी है। इसीलिए वे केतकी के छुटपुट दैहिक तकलीफ कष्ट अपने साथ लेते गये। शरद का मौसम आते ही, उन्हें सर्दी-खाँसी शुरू हो जाती थी, लेकिन अब नहीं होती। पहले वह महीने-महीने पेट दर्द की तकलीफ झेलती थी, अब वह भी ख़त्म।

अचानक वह और शुभम् और एक छोटा-सा घर! उस वक्त रुचिरा के डैडी ने काफी मदद की थी, इसीलिए उन्हें कार्पोरेशन स्कूल में नौकरी मिल गयी। साथ ही, वह घर में बैठे-बैठे छात्र-छात्राओं को पढ़ाने भी लगी।

उन दिनों, 'कोचिंग क्लास' कोई नहीं कहता था।

गौतम ने कहा, ''मुहल्ले-मुहल्ले प्राइवेट कोचिंग, अब तो एक कारोबार बन गया है। इसमें इन्कम टैक्स भी नहीं देना पड़ता। टीचर का नाम किसी स्कूल या कॉलेज में चढ़ा हो, बस! अब तो कोचिंग करके भी उच्च वित्त बना जा सकता है।''

केतकी को इतनी सारी बातें समझ में नहीं आती थी। उसके बाद, उन्होंने स्कूल से अवसर ले लिया! शुभम् अब अपने पैरों पर खड़ा हो गया था। फीस लेकर, विद्यार्थियों को पढ़ाना भी उसने अर्से पहले छोड़ दिया।

हालाँकि सुबह से रात तक विद्यार्थियों की कोचिंग क्लास करते-करते, इसी मुहल्ले के दो-दो शिक्षकों ने मकान ख़रीद लिया। टीवी, वीसीआर, वाशिंग मशीन, वैकुअम क्लीनर - यानी दूरदर्शन के विज्ञापनों में जो-जो नजर आता था, लगभग सभी ख़रीद डाले। उन शिक्षकों के बच्चे महँगे-महँगे स्कूलों में पढ़ते थे, हर साल देश भ्रमण पर जाते थे। 'पूजा' के मौके पर, ख़रीद-फरोख़्त पर पच्चीस-तीस हज़ार रुपये ख़र्च कर डालते थे।

केतकी जैसे लोगों का ज़माना गुज़र गया।

अब शुभम् जैसे इन्सानों का ज़माना है।

केतकी को अब कोई रोग नहीं था। इसके बावजूद शुभम् ने अपने सेंटर में केतकी की पूरी-पूरी तरह जाँच करा डाली। डबल बेड कमरा! कमरे की साज-सज्जा! वहाँ के अदब कायदे, खाना-पीना, सब कुछ बिल्कुल अलग माप का। अनोखा!

केतकी बेतरह सकुचा गयी।

राका ने समझाया, ''आप मना क्यों कर रही हैं? स्वस्थ-सेहतमंद हैं, भगवान करें, हमेशा सेहतमंद रहें। लेकिन, तमाम नियमित चेक-अप कराना, बेहद ज़रूरी है।''

शुभम् ने कहा, ''इलाज या चेक-अप, अब कोई अस्पताल में कराता है भला?''

''सभी लोग नर्सिंगहोम में जाते हैं?''

''बे-शक!''

''इतना ख़र्च करते हैं?''

''ओफ ओ, माँ! तुम्हारा यह गरीबी का हीनता बोध अभी गया नहीं। अब लोगों का

रोजगार बढ़ गया है। इन्सान ने जीना सीख लिया है। अब लोग अपने बाल-बच्चों को अच्छे से अच्छे स्कूलों में पढ़ाते हैं, ख़र्च करके इलाज कराते हैं। ऐश से जीते हैं। अब सबकुछ बदल गया है।''

केतकी ईषत् हँस पड़ी। अब वह बेटे को कैसे समझाये? अस्पताल चाहे जितना भी रसातल में जाए, चाहे जितना भी बदहाल हो, आम इन्सान तो अस्पताल में ही जाता है।

केतकी अपने मन से गरीबी का बोध कैसे मिटायें? लागों का रोजगार बढ़ा ज़रूर है। लेकिन कितने लोगों का?

शुरू-शुरू में शुभम् के सेंटर में शानदार किस्म का चेक-अप! ब्लडप्रेशर, ब्लडशुगर, आँख, कान, नाक, पेट - सबकुछ चेक-अप हो गया। तस्वीर जैसे खूबसूरत कमरे में महँगे-महँगे पकवान खाये, नरम-मुलायम बिस्तर पर लेटी-सोयी रहीं।

उसके बाद, शुभम् के घर! बेटे भले मौजूद न हों, मगर उन लोगों के सोने का कमरा मौजूद! इसके अलावा मेहमानों के लिए अलग से कमरा!

जब वह उनके यहाँ पहुँची, तो राका ने कहा, ''अब कुछ दिनों आराम करें।''

''अभी और आराम करूँ?''

''करना ही होगा। शुभम् ने तो कहा है कि आपने काफी जंग की है, कितना दुःख कष्ट....!''

''कष्ट कैसा, बहू?''

''मुझे स - ब मालूम है। देखिये न, आपके लिए महाभारत, रामायण वगैरह के कितने-कितने कैसेट हैं! कितने-कितने भजन के कैसेट पड़े हैं -- रामप्रसादी, कीर्तन वगैरह के कैसेट मौजूद हैं।''

हाँ, इस घर में सबकुछ काफी तादाद में है। खुले बरामदे में फूल-पौधों के ढेर-ढेर गमले! बाहर के कमरे में ढेर-ढेर किताबें। हर कमरे में ढेर-ढेर फूल!

केतकी पन्ने मोड़-मोड़कर, विभूति भूषण का 'इच्छामती' उपन्यास पढ़ डालने की कोशिश कर रही थी।

राका ने कहा, ''देखिये न, शुभम् को बंगला किताबें पढ़ना बेहद पसन्द हैं।''

''तुम तो पढ़ नहीं पातीं?''

''ना! कैसे पढ़ूँ? मेरे मौम-डैड ही नहीं पढ़ते थे। बंगला तो मैने शुभम् की कोशिश तदबीर से पढ़ी। अब गाने सुन लेती हूँ। लिखना-पढ़ना मुझे नहीं आता। सोचा था, सीख लूँगी। मगर फुर्सत कहां है?''

''अरे नहीं। यूँ भी तुम्हारी ज़िन्दगी इतनी व्यस्त है। हमेशा कामकाज में जुटी रहती हो। उस पर से घर की देखभाल पर भी नज़र रखना पड़ती है।''

''अपनी ट्रेवेल एजेन्सी में ही क्या कम वक्त देना पड़ता है?''

''हाँ, दोनों ही प्राणी ख़ासे व्यस्त रहते हो।''

''सच्ची, घर में बहोत कम रह पाती हूँ। आपको कहीं अकेलापन तो नहीं लगता, माँ?''

"नहीं, बहू, गाने सुनती हूँ, किताब पढ़ती हूँ। तुम लोगों के यहां रहकर, कितना आराम है...."

लेकिन रात को मेज़ के सामने बैठे-बैठे केतकी ने कहा, "अब मुझे घर जाना चाहिये, शुभ!"

"क्यों, यहाँ परेशानी है कोई?"

"नहीं, राका, पुराना घर है ! रंग कराना है ! बारिश का मौसम आ गया, तो रंग कराना रह जाएगा।"

"इस बार, ढंग का एक बाथरूम बनवा लें।"

"वह तो तुमलोग जैसा चाहो, करा लेना।"

"तुम तो मेरी बात सुनोगी नहीं। मेरी मानो, तो वह मकान बेचकर, कोई छोटा-सा फ्लैट खरीद लो! आराम से रह सकोगी। शुभम् ने कहा।"

"नहीं, रे, अब तो वहीं ...."

"माँ ठीक कह रही हैं। वहाँ सभी लोग उनके जान-पहचान के हैं। मकान भी काफी सुरक्षित है। इस उम्र में नयी जगह पर मन लगता है भला?" राका ने सास का साथ दिया।

"असल में, उस मकान की कोई प्लानिंग नहीं है।"

प्लान? शायद सच ही नहीं है। लेकिन कालीघाट का मकान बेचकर, उनके हिस्से में जो रुपये आये, उसी रकम से वह मकान बनवाया गया था। उस ज़माने में निम्न मध्यवित्त के घरों में संलग्न बाथरूम टॉयलेट बनवाने का चलन नहीं था। इस मकान में ऊपर दो कमरे, नीचे दो कमरे! स्नान घर में बड़ा-सा हौज!

नीचे के दोनों कमरे, केतकी ने किराये पर उठा दिये थे। खुद वह दूसरी मंज़िल पर रहती थी, बरामदे में खाना बनाती थी। तीसरी मंजिल का कमरा काफी छोटा था। सीढ़ियां भी काफी ऊँची-ऊँची! लेकिन उस..... घर में आंगन में है, छत है! और सामने चहारदीवारी में घिरी दो कट्ठा ज़मीन! किसी ज़माने में केतकी ने वहाँ बगिया लगायी थी लेकिन अब वह बागवानी नहीं करती। खाली ज़मीन पर एक अदद हर सिंगार, कुछेक नयनतारा और जवा फूल का एक पेड़ टिका हुआ था।

नहीं, मकान के नज़रिये से वह जगह कतई लोभनीय नहीं थी। लेकिन चूँकि बाइपास के करीब थी, इसलिए उसकी कीमत काफी बढ़ गयी थी। अगर कोई वह मकान और ज़मीन खरीद ले, तो आलीशान कोठी बनवा सकता है।

बहरहाल, शुभम् और राका जैसा चाहेंगे, कर लेंगे। केतकी की मौत के बाद, वे लोग तो यहाँ रहने आएँगे नहीं। वैसे वे दोनों कभी यह भी नहीं कहते कि वह उनके पास आकर रहे।

खैर, अगर वे कहते भी, तो केतकी उनके यहाँ हरगिज नहीं जाती। वे लोग अपनी तरह से सुख-चैन में हैं। भगवान करें, मज़े में रहें। उनकी ज़िन्दगी तो जहाज जैसी तेज़-रफ्तार है। सुबह आठ बजे तक दोनों अपनी-अपनी मारुति लेकर फुर्र हो जाते हैं, शाम ढलने के बाद लौटते हैं।

नहीं, वे दोनों शराब नहीं पीते, पार्टीबाज़ी की भी लत नहीं है। राका अन्दर ही अन्दर काफी रक्षणशील...रूढ़िवादी है। उनका विवाह बैंगलोर में सम्पन्न हुआ था। उसके बाद, नौकरी लेकर, वे लोग कलकत्ता चले आये। कलकत्ता पहुँचकर, मियाँ-बीवी गेस्टहाऊस में ठहरे थे। शुभम् उन्हें अपनी बीवी दिखाने लाया था।

उस दिन केतकी ने दरवाजे पर अल्पना आँकी थी, घर द्वार भी ज़रा सजाया था। राका विस्मित निगाहों से सारा कुछ देख रही थी।

इतने अभाव-मोहताजी में भी केतकी ने अपनी चूड़ियाँ बचा रखी थी। वही चूड़ियाँ उसने राका की कलाई में पहना दीं! पैसा ख़र्च करके, लम्बा-चौड़ा रिसेटशन देना, उनकी औकात-बाहर था।

अपने विवाह की बनारसी साड़ी भी उसने राका को सौंप दी। लेकिन राका तो साड़ी पहनती ही नहीं थी। वह सलवार-कमीज़ पहनती थी। खैर, सलवार-कमीज़ में वह केतकी को अच्छी ही लगती थी। लेकिन उन लोगों के साथ रहने का ख्याल, उसे कभी नहीं आया। इस बारे में उसे कोई शिकायत भी नहीं है।

हाँ, केतकी की भाभी ने ज़रूर एक बार कहा-"एक ही तो बेटा, वह भी पराया हो गया।"

नहीं, भाभी का कहना सही नहीं था।

बेटा पराया नहीं, अपना ही था। लेकिन केतकी अपनी अभ्यस्त जीवनयात्रा छोड़कर, नये सिरे से किसी और किस्म की जीवनयात्रा की अभ्यस्त नहीं हो सकती थी। ऐसा करके वह उन्हें भी असुविधा में डाल देती। छियासठ की उम्र, काफी उम्र होती है। इस उम्र में अपने को नये सिरे से बदलना मुश्किल होता है।

उसकी भाभी तो पटर-पटर ढेर-ढेर मंतव्य देती रहती थी। भइया-भाभी ने हावड़ा के अशोकनगर में अपना घर बनवाया था। खासे मजे में ही थे, मगर केतकी कलकत्ता में बसी थी, इसलिए उससे थोड़ी-बहुत ईर्ष्या भी थी। भाभी शुभम् और राका को 'साहब' और 'मेमसाहब' बुलाती थी।

भाभी ने व्यंग्य भरे लहजे में कहा, "हाँ जी, उनके देश की तरह, क्या विदेश में भी कोई अपने माँ-बाप के साथ रहता है भला!"

केतकी ने कभी मुँह दर मुँह जवाब नहीं दिया। अगर वह चाहती, तो वह भी जवाब दे सकती थी - "तुम्हारे बेटे तो देश में रहकर भी परदेसी हैं। एक नागालैंड में, दूसरा वाइजैग में रहता है। बेटी को बनगांव में ब्याह दिया। बस, उसी का थोड़ा-बहुत आना जाना है।"

उस पर से, ब्याह के नाम पर अजब तमाशा हुआ था। बेटी पेट से हो गयी, ब्वायफ्रेंड ब्याह करने को ही तैयार नहीं था। तब अपना जमी-जमा बेचकर, उधार-देना करके, लड़के को कैसेट की दुकान करायी, एक लाख रुपये नकदी और मोटर साइकिल दिया, तब जाकर ब्याह हुआ।

केतकी का ख़्याल था कि वह लड़की सुखी नहीं होगी। जो लड़का ब्याह करने को

ही तैयार नहीं था, उसे रुपये-पैसे की टोपी पहनाकर, ब्याह करने को राजी कराना पड़ा। ऐसे रिश्ते में और कुछ भले हो, सम्मान नहीं होता।

लेकिन रूमा ने तो केतकी की सारी धारणाएँ ही पलट दीं। जो दूल्हा उससे ब्याह करने को ही तैयार नहीं था, जिसे रुपये-पैसे देकर ब्याह करने को राजी कराना पड़ा, उसे पाकर ही रूमा गद्गद हो उठी। उस घर में उसे हद अपमान बर्दाश्त करना पड़ा, वह सहती रही और हमेशा पति और सास के चरणों में ही पड़ी रही।

अब रूमा परम सुखी थी।

भाभी ने बताया, "वे लोग तो रूमा को आदर्श बहू कहते हैं। समूची गृहस्थी की बाँध ाकर रखती है।"

केतकी के भाई भी बीवी की हाँ में हाँ मिलाते रहते थे। असल में, भइया, भाभी, रूमा सुखी होने का फार्मूला जानते थे। मामूली चाहत! मामूली-सी जरूरत! मानो थोड़ा-थोड़ा दकियानूसी ढर्रा! घर-द्वार, बर्तन-भांडे, सुविधाभर दौलत, ठाकुरघर - बस, इसी में सीमाबद्ध! अपने दायरे में ही कैद!

अब भी शायद वही हाल हो! बाहरी रंग-रूप बदल गया हो। घर की जगह फ्लैट, रुपये-पैसों की गारंटी, वॉल्ट में गहने-बस, यही कुछ! इनके साथ-साथ अब स्टेटस का वायरस भी जुड़ गया है। टीवी या वीसीआर या गाड़ी ही काफी नहीं है, यह किस कम्पनी का है, सारा मान सम्मान इस बात पर निर्भर करता है। बच्चे किस स्कूल में पढ़ते हैं, यह भी बहुत बड़ी बात है।

केतकी खुद भी साधारण ही हैं, अति साधारण! लेकिन बढ़-चढ़कर ठाठ-बाट, मॉड आउटलुक या विशाल ख़र्चवाला धार्मिक आयोजन यह सब अतिशयता देखते ही, उनका मन सिमट आता है। सारा कुछ बेहद फूहड़ और कुरुचिभरा लगता है। इसलिए मुहल्ले में भी उनका आना-जाना काफी कम है। उसे वक्त नहीं मिलता, बिल्कुल वक्त नहीं मिलता।

हालाँकि किरायेदार बहू अक्सर मुँह बिचकाकर पूछ ही लेती है, "बिल्कुल फुर्सत नहीं मिलती, मौसी? करती क्या हैं?"

"कुछ भी न करने में, वक्त गुज़ार देती हूँ।"

"आप बिना पैसा लिये, लड़कियों को क्यों पढ़ाती हैं?"

"हाय-माँ, वे बिचारी थोड़ा-बहुत सीखने आती हैं, पढ़ाऊँगी नहीं? उनसे कह दूँ कि वे चली जाएँ?"

"इसमें फायदा क्या है?"

"नुकसान भी कहाँ है?"

"अरे, वे सब नौकरानियों की लड़कियाँ हैं, उन्हें नौकरानी का काम ही करना है। पढ़ें तो क्या, न पढ़ें तो क्या। वे तो जस की तस हरी रहेंगी।"

"आज तुम्हारा दफ्तर नहीं है"

कजरी ने इठलाती आवाज़ में कहा, "होगा क्यों नहीं? चाबी देने आयी थी। वे आएँ,

तो दे दीजियेगा। आज मैं वापस नहीं लौटूँगी। दफ्तर से ही मायके चली जाऊँगी।''

''सुना नहीं जाएगा?''

''जाएगा तो सही! भतीजी का आशीर्वाद है! वह ठहरे, बड़े दामाद! यह रिश्ता भी उन्होंने ही तो कराया है! सोचा है, शनि-रवि वहीं गुजारूँगी।''

''मीठू सोने तो आएगा न?''

''नहीं, नहीं। कई बार तो बाहर गयी हूँ। कभी, कुछ नहीं हुआ ! हमारा मुहल्ला काफी सुरक्षित है।''

''हाँ, सो तो है!''

''आप अकेली रहती हैं, डर नहीं लगता?''

''जिनको देखना चाहिए, वे ही देखते हैं।''

''हाँ, सो तो है। चलो, ठीक है।''

कजरी चली गयी। केतकी जानती हैं, सुनन्द का बेहद मन है, वह यह घर ख़रीद ले। यह घर ख़रीद कर, इसे तोड़-ताड़कर, आँख चौंधिया देने जैसी एक कोठी बनवाये। उस कोठी में, केतकी का भी एक फ्लैट रहेगा।

केतकी इसके लिए बिल्कुल राजी नहीं थी। जितने दिन वह ज़िन्दा है, यहीं, इसी घर में रहेगी। लोगों को उसके बारे में इतनी परेशानी क्यों होती है, यह क्या वह समझती नहीं?

असल में, एक-अकेली औरत इतनी सारी जगह दख़ल किये बैठी है, इससे लोगों की आँखों में जलन मचती है।

वह स्कूल की नौकरी से पेंशन लेकर रिटायर हो गयीं। अब वक्त कैसे कटेगा, इस बात को लेकर उनके मन में कोई खालीपन नहीं है।

बेटे-बहू उन्हें नहीं देखते, इस बात से भी उन्हें कोई खेद नहीं है। वे लोग आते भी बहुत कम हैं, लेकिन इसका भी उन्हें क्या कोई दुःख है? नहीं, उन्हें ऐसा ख़्याल भी नहीं आता। वे लोग कभी-कभार खोज-ख़बर ले लेते हैं, बीच-बीच में रुपये भेज देते हैं।

दोपहर या शाम को दाई-नौकरानियों की लड़कियों को पढ़ाकर, वे अपना वक्त गुज़ार देती हैं।

वे अक्सर कहा करती हैं, ''मास्टरनी थी न, अब भी मास्टरी करती हूँ। थोड़ा-बहुत पढ़ना न जानो, तो भला चलता है?''

गौतम इस मुहल्ले का नेता, काउंसिलर वगैरह-वगैरह था।

वह भी कहता था, ''न्ना ! मौसी बिल्कुल आदर्श इन्सान हैं।''

गौतम उनकी इज्जत करता था, क्योंकि गौतम से उसकी ख़ासी घनिष्ठता थी।

उसने शुभम से ही बात की, 'सुनो, मकान अगर बेचना, तो मुझे ही बेचना।'

''माँ के जीते जी तो नहीं --''

''भई, अभी भी सख्त-समर्थ हैं, सो जिद पर हैं। जब सेहत टूटेगी, तो नरम पड़ जाएँगी, तुम देखना।''

''ठीक है। तुम ही ख़रीद लेना। मुझे उस मकान में कोई दिलचस्पी नहीं है। अगर

मुझे ख़रीदना हुआ, तो मैं फ्लैट ही खरीदूँगा। अपने दोनो बेटों के लिए, दो फ्लैट! बस, मेरा फर्ज ख़त्म।''

''लेकिन रुचियो के साथ मौसी का इतना हेलमेल ठीक नहीं है, शुभम् ! तुम उस लड़की को नहीं जानते....''

''वह लड़की जाने कौन-सा तो काम करती है...''

''बस्ती में जाकर, क्लास लेती है, पहले भी राजनीति करती रही है, अभी भी राजनीति कर रही है -''

''नहीं, नहीं, माँ को किसी राजनीति की समझ नहीं है।''

''समझ न हो, वही बेहतर!''

रुचिए इसी मुहल्ले की लड़की थी। शुभम् से एक क्लास नीचे पढ़ती थी। पढ़ने-लिखने में तेज़ थी। मुहल्ले के डाक्टर की इकलौती बेटी। अपने ज़िद से ब्याह किया। उसके बाद, बहुत दिनों पहले, पति को छोड़कर चली भी आयी।

अब कुछेक औरतों के साथ मिलकर कैसा तो एक क्लब बनाया है और बस्ती में विज्ञान क्लब करती है, पढ़ाती है। रुचिए जब अपने पति को छोड़कर चली आयी थी, तब खूब-खूब बातें बनी थीं। वह हवा ही आज भी स्वाभाविक बनकर रह गयी। गौतम ने अपनी पहली बीवी को निकाल बाहर किया और दूसरी औरत ब्याह लाया, कहीं कोई बात नहीं बनायी गयी। लेकिन रुचिए ने अपने पति को छोड़ दिया, इस बारे में कितनी-कितनी बातें बनती रहीं। लेकिन रुचिए के माँ-बाप मुंह छिपाये - छिपाये फिरते थे। रुचिरा की माँ कभी कभार केतकी के पास भी आती थी। वह महिला काफी नकचढ़ी और अहंकारी थी। लेकिन केतकी उन्हें क्यों पसन्द आ गयी, यह बताना मुश्किल है। शुभम् के पापा की मौत के बाद केतकी का नौकरी करना, उनकी भद्र-शरीफ चाल-ढाल यह सब उन्हें काफी भला लगा था। हाँ, वे अपने से ज़्यादा अमीर लोगों को बिल्कुल बर्दाश्त नहीं कर पाती थीं। गौतम के पिता रेल-कॉन्ट्रैक्टर थे। उनलोगों के पास बेशुमार दौलत थी। किसी ज़माने में मटू के ददृदू इस अंचल के जमींदार थे। उनलोगों के मकान को 'बड़ी कोठी' कहा जाता था।

रुचिए की माँ उन्हें अपना प्रतिद्वन्द्वी मानती थीं। केतकी के साथ किसी प्रतियोगिता का मामला नहीं था। उनका घर भी करीब था। केतकी सुबह-सुबह रेडियो पर रवीन्द्रसंगीत सुनती थी। लाइब्रेरी से किताबें लाकर पढ़ती थी। उसका घर-द्वार तो, रुचिए की माँ के घर की तुलना में बिल्कुल ही सज्जाहीन था।

शायद इसीलिए वह रुचिए की माँ उसे पसन्द करती थी। अपनी दोनों बेटी और इकलौते बेटे का ब्याह, उन्होंने काफी धूमधाम से किया था। रुचिए उनकी छोटी बेटी थी। स्वभाव से जिद्दी, मितभाषी, लिखने-पढ़ने में प्रवीण, तेज़-तर्रार! शक्ल-सूरत मामूली, मगर बुद्धिधदीठत।

वही लड़की एम. ए. पास करने के बाद, उसने दवा कम्पनी के किसी सेल्समैन से विवाह कर लिया। वह भी रजिस्ट्री-विवाह। उसकी इस हरकत से उसके माँ-बाप को बेतरहाँ

चोट लगी थी। बेटी ने खुद ही ब्याह कर लिया, खुद ही किसी स्कूल में नौकरी भी ले ली।

उसकी माँ ने हाहाकर मचाते हुए कहा, "नौकरी ली, वह भी हावड़ा में? क्यों?"

"सुशोभन का घर उसी तरफ है।" बेटी ने जवाब दिया, "अपनी दो-दो बेटियों का जीवन तो तुम्हीं ने गढ़ा। कॉन्ट्रैक्टर और बैंक मैनेजर दामाद भी मिल गया। अब मेरी ज़िन्दगी, मुझे ही गढ़ने दो।"

"ठीक है, रुपये ही ले ले। रुपये और गहने ने क्या दोष किया है?"

"मुझे कुछ नहीं चाहिए। नहीं लेना, मुझे यह सब। बचपन से ही रुपये ही रुपये देखती आयी हूँ, रुपयों की ही कहानी सुनती आयी हूँ। मुझे अच्छा नहीं लगता, माँ।"

रुचिए ने और भी बहुत कुछ कहा था, "खुशोभन को भी यह सब पसंद नहीं हैं।" काफी बड़े मेडिकल फार्म का सेल्स प्रतिनिधि! ज़रूरत थी, इसलिए नौकरी कर ली। लेकिन केमिस्ट्री में उसका फर्स्ट क्लास आया था। रुचिए अगर नौकरी ले ले, तो वह रिसर्च कर डालेगा। बस, कुछेक साल रुचिए तकलीफ उठा ले। उसके बाद, वे दोनो अकादमिक जीवन में चले जाएँगे। उस जीवन में काफी मान-सम्मान है।

"तू नौकरी करेगी और वह रिसर्च करेगा?"

"ऐसा बहुतेरे लोग करते हैं, माँ?"

उस घर में खूब-खूब अशान्ति हुई थी। काफी कलह मची थी।

रुचिए का विवाह टूटने की मूल वजह थी, आशाभंग। पिता के रुपयों में रुचिए को कोई दिलचस्पी नहीं थी। लेकिन सुशोमन अपने ससुर के रुपयों के बारे में कुछ ज़्यादा ही आग्रही हो उठा। हो सकता है, ससुर की दौलत में उसे पहले भी दिलचस्पी रही हो या फिर न रही हो, ये बातें अन्त तक पता नहीं चलीं। असल में, इन्सान का जानना-समझना आसान नहीं है।

सुशोभन को रुचिए के डैडी ने ही प्रस्ताव दिया कि वह जिस कम्पनी में काम करता है, वह उसकी एजेन्सी ले ले और दवा की दुकान खोल ले। रुपये वे लगायेंगे, दुकान में उनका भी शेयर रहेगा।

गोलपार्क से बालीगंज फांड़ी के बीच, कहीं भी दुकान ले ली जाए। वे ही दुकान का भी इन्तज़ाम कर देंगे। लाइन के इस पार उनकी एक दुकान पहले से ही है, लेकिन बालीगंज इलाके में दुकान होने से आभिजात्य बढ़ जाता है।

इसी बात को लेकर रुचिए और सुशोभन में मतभेद हो गया। दोनो ही जवान! दोनों के स्वभाव में ज़िद। उनका विवाह पूरे ढाई साल तक टिका रहा। उसके बाद, सुशोभन का दुकान भी हो गया और रुचिए भी चली आयी।

वहाँ से सीधे वह अपने माँ-बाप के पास नहीं आयी। वह हाज़रा रोड में रेवा' दी के हॉस्टल में ठहर गयी। स्कूल की नौकरी तो उसने उसी दम छोड़ दी थी। उसने किसी समाजविज्ञान संस्था में नौकरी कर ली। चूंकि वह समाजविज्ञान की छात्रा रही थी, इसलिए उसे नौकरी फौरन मिल भी गयी।

रुचिए की माँ केतकी के पास अपना दुखड़ा रोने आती थीं।

"उसके लिए, उसके डैडी ने सब कुछ किया। सुशोभन तो जमकर दुकान चला रहा है, बेटी ही लौट आयी। सारा कुछ बेटी दामाद के नाम लिख पढ़ दिया। बेटी ही दामाद को सारा कुछ सौंपकर चली आयी।"

"आपने उसे समझाया नहीं?"

"वह कोई बात सुनती है भला?"

वाकई रुचिए किसी की, कोई बात नहीं सुनती थी। जब वह अपने माँ-बाप से मिलने आती थी, केतकी ने उसे कभी-कभार देखा था। उसकी आँखे देखकर ऐसा लगता था मानो वह गुम हो गयी है।

यह सब भी तो अर्से पुरानी बात है। वैसे सुशोभन ने भी डॉक्टर बाबू के रुपये-पैसे शोध कर दिये। केतकी ने सुना है कि अब उसने किसी शान्त, नरम लड़की से ब्याह भी कर लिया। उसने बाहर से वह दुकान भी देखी है। काफी सजी-सँवरी दुकान। बिक्री बट्टा भी खूब होता है। अब मोटे-मुटल्ले, परम तृप्त सुशोभन को देखकर यह बिल्कुल नहीं लगता कि उसके जीवन में कभी, कोई और सपना भी था। रुचिए के डैडी का ख्याल था कि अपनी बेटी की वजह से ही अपने गाल पर उन्होंने खुद तमाचा खाया।

रुचिए दुबारा ब्याह कर सकती थी, मगर उसने नहीं किया। समाजविज्ञान केन्द्र में अच्छी-भली नौकरी कर सकती थी, उसने नहीं किया। वैसे इस घर में वह शायद कभी न लौटती।

लेकिन उसके डैडी को स्ट्रोक हो गया। उस वक्त दोनों दीदियों में से एक दिल्ली में और दूसरी बम्बई में थी। भइया अमेरिका में। रेब्रल स्ट्रोक में पंगु पिता की सेवा के लिए, यहाँ पड़े रहना उन लोगों के लिए संभव नहीं था।

आखिरकार, रुचिए ही चली आयी।

पाँच साल तक बेटी की सेवा लेते रहने के बाद, चाँर साल पहले, डॉक्टर बाबू का निधन हो गया। दवा की दुकान तो जाने कब की बिक गयी। कुछ दिनों के लिए रुचिए की माँ काफी बुझी-बुझी रहीं। उसके बाद, उन्होंने अपने को सम्हाल लिया।

रुचिए ने वह समाजविज्ञान संस्था भी छोड़ दी। लगता है, शायद बहुत दिनों तक, उसे कुछ भी नहीं लगता।

क्या सच ही, कुछ भी अच्छा नहीं लगता?

अब उसने कोई स्वेच्छासेवी प्रतिष्ठान ज्वायन कर लिया है। उनका ही एक कार्यालय, वह अपने घर की पहली मंजिल में उठा लायी। उस प्रतिष्ठान में अनगिनत लड़के-लड़कियाँ। वे लोग सहज लिखना पढ़ना सिखाने के लिए, अपने ढंग की किताबें भी खुद ही तैयार करते थे। रुचिरा वहाँ रिसर्च अफसर थी। केतकी ने सुना है, वह बहुत बड़ा संगठन है। इसका प्रधान सेंटर सॉल्ट लेक में है और भुवनेश्वर तथा शिलांग शहर में भी सेंटर है। रुचिए को वहाँ तन्खाह भी मिलता है और इस दफ्तर के लिए घर-किराया भी।

केतकी दाई-नौकरानियों की बच्चियों को पढ़ाती हैं, यह जानकर रुचिए बेहद खुश

हुई। वह उन लोगों के लिए अपनी तरफ से किताब कॉपियाँ भी दे गयी, उसने बताया कि जल्दी से जल्दी साक्षर करने के लिए, ये किताबें काफी उपयोगी हैं।

अब वह अक्सर केतकी से मिलने चली आती है। उसकी खोज-ख़बर लेती थी। रुचिए ने अपने बाल काटकर छोटे-छोटे करा लिये थे। अब वह सलवार-कमीज़ पहनने लगी थी। कंधे पर भारी भरकम बैग झुलाये हुए, वह उसके पास आ धमकती थी।

"माँ ने आपको ठीक समझा था। आप सचमुच अलग किस्म की इन्सान हैं। आप बिल्कुल मेरी तरह हैं।"

"अरे, नहीं, ऐसा कहीं होता है?"

"क्यों? आप भी आज़ाद ढंग से रहती हैं। आज़ादी से काम करती हैं"

"यह भी भला कोई काम हुआ? काम तो तुम लोग कर रही हो। कितने-कितने काम।"

"अरे, मौसी, हर तरह का काम, आखिर काम ही होता है। बस, मुझे यह समझ में नहीं आता कि आप भी ... ये पूजा-पाठ क्यों करती हैं?"

"शुभम् के पापा करते थे, इसीलिए मैं भी करती हूँ?"

"आपको शांति मिलती है?"

"अशांति भी नहीं मिलती।"

"आपका पूजा-पाठ भी बिल्कुल और तरह का है। माँ के बेडरूम में घुसो, तो बाप रे बाप! कितनी-कितनी तस्वीरें। कितनी-कितनी मूर्तियाँ... उसका पूरा घर हरी ठाकुर जी का घर बना हुआ है।"

"हो सकता है, उन्हें यही अच्छा लगता हो।"

"पता नहीं ...."

"लेकिन आजकल उनकी आवाज़ सुनायी नहीं देती।"

"आप फिक्र न करें। अखंड कीर्तन करने गयी थी, गला बैठा आयी।"

"तुम्हें अपना यह काम अच्छा लग रहा है?"

"हाँ, मौसी, मुझे बहुत अच्छा लग रहा है। काम कराना, रिपोर्ट लिखना, पत्रिका निकालना...."

"हाँ, अब घर पर भी रौनक होने लगी है...."

"हाँ, आप ही कहें। अब घर भी कितना खूबसूरत लगता है। माँ को भी अच्छा लगता है। कहती है, लोग-बाग घर में आते रहते हैं, तो घर भी जगा-जगा रहता है।"

"तुम्हारी माँ तो काफी सैर वगैरह भी करती हैं।"

"हाँ, गुरु-बहनों, गुरु-भाइयों के साथ। मैं तो उनसे हमेशा कहती हूँ कि अब देख रही हो न? एक बेटी ने अपनी गृहस्थी नहीं बसायी तो तुम लोगों को कितना आराम हो गया? अरे, आपकी आँखें ऐसी दुःखी-दुःखी क्यों हो आयीं?"

"मुझे तुम्हारे बारे में चिन्ता होती है-"

"मैं ऐसी डरपोक हूँ न, मौसी, मेरे लिए यही ज़िन्दगी बेहतर है। मुझमें साहस नहीं

है।''

''तुममें...और साहस नहीं है? इतना-इतना काम करती हो, इतना घूमती रहती हो, कितनी रात-रात को घर लौटती हो ...''

''काम करने का साहस है, मौसी, गृहस्थी बसाने का साहस नहीं है। खैर, यह सब आप नहीं समझेंगी। धत्तेरे की! देखिये, मैंने आपको भी उदास कर दिया। अच्छा, आपके सामने एक सिगरेट पी लूं?''

''तुम सिगरेट पीती हो? अगर पीती हो, तो पीओ न।''

''रुचिए ने सिगरेट सुलगाते हुए कहा, ''हां'' बीच-बीच में पी लेती हूँ। माँ जानती है। अच्छा, एक बात तो बताइये, शुभम् के पास रहने का मन नहीं करता आपका?''

''मन करता, तो रहती नहीं? पता नहीं? तुम्हारे डैडी जैसी हालत, अगर मेरी भी हो गयी, तो क्या करूँगी?''

''शुभम् भी यही कहता है।''

''शुभम्?''

''हाँ, मैं तो वहाँ जाती रहती हूँ। वे लोग चंदा देते हैं। राका भी यथासंभव काफी मदद करती है। बेहद फारी है, राका।''

''वाकई, बेहद प्यारी है, सच्ची।''

''आप खुद भी बहोत अच्छी हैं।''

''नहीं, मैं बेहद साधारण औरत हूँ। वे लोग राजी-खुशी रहें। मुझे उनका कुशल-समाचार मिलता रहे, बस मैं खुश वैसे कभी-कभार भेंट भी हो ही जाती है....।''

''मैं भी आपका हाल-समाचार उन्हें देती रहती हूँ। आपका यूँ सबसे आज़ाद होकर, अपने ढंग से रहने-सहने की काफी इज्ज़त करती हैं।''

''मेरे साथ तो उसकी ज्यादा बात नहीं करती।''

''यहाँ की लड़कियाँ बिल्कुल और तरह की हैं। मौसी! मेरी माँ और दीदियाँ तो अभी भी उन्नीस सौ चालीस में ही पड़ी हैं। इतनी पुरातनपंथी हैं कि...। मेरी बड़ी दी तो बड़े गर्व से फरमाती हैं मेरी बेटी कॉलिज में पढ़ती है, मगर उसका न कोई बोयाय-फ्रंड है, न वह डेट-वेट पर जाती है। पास कर लेगी, तो उसका ब्याह कर दूँगी। छोटी दीदी के दोनों बेटे, बॉक्सवाला होने के लिए जी जान से जुटे हुए हैं।''

''हाँ, सभी तो लायक बच्चे हैं।''

''लेकिन, ऐसी लिखाई-पढ़ाई से क्या फायदा, भला बताइये, जिसमें देश-काल-समाज न जुड़ा हो?''

''भई, शुभम् ही कितना-सा जुड़ा है? उन लोगों को देखकर तो यह लगता ही नहीं कि उनका देश-काल-समाज से कोई रिश्ता-नाता है।''

''आप शुभम् के बारे में सोच रही हैं?''

''हाँ, वही....और क्या?''

''आजकल सभी आत्मकेंद्रित होते हैं। मौसी ! चलती हूँ। कोई ज़रूरत हो, तो

बताइयेगा।''

''हाँ, हाँ, ज़रूर बताऊँगी।''

ये सब बातचीत कब हुई थी? कब?

उन लोगों ने बाबरी मस्जिद तोड़ी भी, बीस अगहन को

आज, इक्कीस अगहन की रात! केतकी को नींद क्यों नहीं आ रही है?

केतकी को दंगे-फसाद से बड़ा डर लगता है। सन् छियालिस का दंगा वह अभी तक नहीं भूली थी और आज... शाम से ही सारा मुहल्ला कैसा तो संत्रस्त ख़ामोश ! जाने क्या होने वाला है।

सिर्फ एक बार ही उन्हें नन्दू की आवाज़ सुनायी दी, ''अगर वे लोग उधर से आ पड़ें? हम सबको तैयार रहना होगा।''

कौन आने वाला है? किस तरफ से आने वाला है? इस मुहल्ले में कदम रखे, इतनी हिम्मत किसमें है?

किरायेदार लोग भी अभी तक वापस नहीं लौटे। वे लोग तो बैरेकपुर गये हैं। शायद वहीं अटक गये हैं।

अचानक उन्हें पिछले शनिवार का दिन याद आ गया....

शबीना रुचिए के सेंटर में काम करती है। सॉल्ट लेक से आती है, इसलिए कभी-कभी यहीं रुक जाती है। मुहल्ले के सभी लोग उसे पहचानते हैं। उस रात क्या वह घर लौटी थी?

केतकी का मन एकदम से छटपटा उठा। अगर वह न लौट पायी, तो शनिवार को क्या कोई विपदा टूट पड़ेगी? वह रहेगी कहाँ? ज़रूर वह रुचिए के यहाँ ही रहेगी। लेकिन दो-दो जवान जहान लड़कियाँ, एक अदद अधेड़ माँ। वह घर भी काफी असुरक्षित है।

अचानक ही उसे लगा, वह खुद भी बेहद असुरक्षित हो आयी है।

नीचे धीमी आवाज़ में किसी ने पुकारा, ''माँ....दरवाज़ा खोलिये....माँ।''

केतकी ने खिड़की से नीचे झाँककर देखा। उसकी चहारदीवारी के करीब खड़े-खड़े, कोई ऊपर की तरह मुंह उठाये, उसे आवाज़ दिये जा रहा था।

''कौन? कौन हो तुम?''

अम्म! हूँ....असगर!''

''असगर? इतनी रात को?''

''दरवज्जा खोलिये, अम्मा। हम अँगना में बैठा रहूँगा। भोर होते ही चला जाऊँगा। हावड़ा कैसे लौटू? वहाँ तक बस जा ही नहीं रही है, सो बाज़ार का चक्कर लगाकर..''

बिना कुछ सोचे-समझे केतकी नीचे उतर आयी। असगर इस मुहल्ले में पिछले तीस साल से काम कर रहा था।

दरवाजा खोलते ही असगर अन्दर घुस आया।

''दरवज्जा बंद कर लें, अम्मा!'' उसने फुसफुसाकर कहा।''

''तुम फुसफुसाकर बात क्यों कर रहे हो?''

असगर ने आँखें उठाकर उसकी तरफ देखा। उसकी आँखों में विस्मय, विभ्रान्ति और ...और दहशत थी। भयंकर दहशत।

"माँ, आपके घर में एक रात....कुल एक रात.... मुझ पर दया करें, अम्मा।"

केतकी को नन्दू की बात याद हो आयी उस तरफ से अगर सच ही कोई आ पड़े। हमें तैयार रहता होगा।

वह समझ गयी। चाहे जिस भी कारण से हो, असगर डर गया है।

"आओ....ऊपर आओ।"

"नहीं अम्मा, हम सीढ़ी तले सो जाऊँगा।"

"वहाँ भला कोई सो सकता है? आओ, ऊपर आ जाओ।"

ऊपर आकर भी असगर दहशत से काँपता हुआ।

"हम बरामदे में ही सोते-बैठते रात गुज़ार दूँगा।"

"इसकी क्या ज़रूरत है? तुम कमरे में ही सो रहो।"

केतकी ने बगल का कमरा खोल दिया।

"लो, यह चटाई लो और सो जाओ -"

"बत्ती बुझा दें, अम्मा! आप भी सो जावें।"

"बात क्या हुई, मिस्त्री जी?"

"कुछ मत पूछें, अम्मा! काठगोला से निकल रहा था। अब तो मंझले रहा नहीं। अब सारे काम हम पकड़ भी नहीं पाता हूँ। कुछ दिन से छोटका बेटा काम में लगा है। बलाई बाबू के यहाँ....वहाँ बोडिंग का काम चल रहा है न...वहीं हम लोग...."

"तुम तो सालों से काम कर रहे हो।"

"सो, छोटका सुबह-सवेरे घर चला गया। हम साँझ को निकल रहे थे...कि सुना काफी हंगामा मचा है।"

"हंगामा? यहाँ?"

"जाने, कहाँ तो किसने मस्जिद तोड़ दी है। इसलिए मार-काट होनेवाली है। बलाई बाबू के यहाँ ही तो सुरीन नल-पिस्त्री है। उसीने कहा घर चले जाओ, मिस्त्री! हम काठगोला चले गये। हम देखे, वहाँ सन्नाटा छाया है, कहीं, कोई नहीं था।"

"लाइन पार करके, तुम बोर्डिंग वाले मकान में क्यों नहीं चले गये?"

"हमको बड़ा डर लगा, अम्मा! लाइन की नुक्कड़ पर मारी जमावड़ा है। खूब जोरशोर से बातचीत चल रही थी और वह जो दस-मंज़िली नयी कोठी बनी है न वहाँ खूब पटाखे चल रहे थे, खूब दीया-रोशनी हो रही थी...लोगों की भीड़ लगी थी।"

"तो तुम क्यों डर गये?"

असगर की आँखों में मासूमियत झलक उठी।

उसने बेहद धीमी आवाज़ में कहा, "साहस नहीं हुआ। सवेरे पहली ही टेरेन से भाई के घर चला जाऊँगा....नौकान्तपुर। सुनने में आया, कि टेरेन नहीं चलेगी। इसीलिए घूम-घूमकर...घूम-घूमकर...। सवेरे उजाला हो जावेगा...तब हम चला जाऊँगा....।"

"........................"

"अम्मा.........।"

"अब सो जाओ, असगर!"

"सुना है, मुसलमान लोगन को वे लोग यहाँ रहने नहीं देंगे?"

"क्या? यह सब क्या कह रहे हो?"

"सुरीन बता रहा था, यहाँ का टेम्पो....हाल-चाल बहुत ख़राब है।" मस्जिट टूट गयी। अब मुसलमान लोगन को भी खदेड़कर दम लेंगे।"

मस्जिद टूटते-न टूटते ये सब अफवाहें फैलने लगीं? केतकी असगर को क्या दिलासा दें? उसे क्या समझायें? लेकिन असगर की दोनो आँखों में भीषण आतंक भरा हुआ था

"वे लोग झूठमूठ की अफवाहें फैला रहे हैं। वह सब भूल जाओ। सुबह होते ही, तुम देखोगे, गाड़ी-घोड़ा सब चल रहा है। तुम भी लौटकर जा सकोगे।"

"लौट न सका, तो? पेट को आहार न जुटा तो...?"

"लौट सकोगे। लौट सकोगे!"

"चिरकाल से इसी मुहल्ले में काम कर रहा हूँ। बोडिंग हाउस का तो बँधा मिस्तिरी हूँ। सुरीन हमारा कितने सालों का चीन्हा-पहिचाना है। अब वो ही जदी...."

"चलो, तुम सो जाओ तो।"

"हमको पकड़ा मत देना, अम्मा।"

केतकी पत्थर हो आयीं, सन् छियालिस! छियालिस का साल! शहनाईवादकों में से जाने कौन तो एक बंदे को घसीट लाया। अपने खिड़की-दरवाजे बंद करके केतकी लोग उसका मरण-आर्तनाद सुनते रहे थे। अगले दिन सड़क पर चिल्लाता हुआ निकल पड़ा था -- "पार्कसर्कस में एक भी हिन्दू को ज़िन्दा नहीं छोड़ा, रे। मार, सालों को मार।"

उस दिन कितने हिन्दू मरे थे? कितने मुसलमान? कितने लोगों ने जान गँवाई थी?

दंगा! फसाद! साम्प्रदायिक बलवा!

तो क्या इस बार भी दंगा छिड़ जाएगा?

नहीं, ऐसा नहीं हो सकता। गवर्नमेंट ऐसा होने नहीं देगी। और केतकी लोगों के मुहल्ले में तो दंगा-फसाद कभी हो ही नहीं सकता।

केतकी दूर....काफी दूर से वापस लौट आयीं।

"नहीं, असगर, मैं तुम्हें नहीं पकड़वाऊँगी।"

"आप अकेली औरत......"

"तुम्हें कुच्छ नहीं होगा! सो जाओ!"

केतकी ने बीच का दरवाजा बंद कर दिया।

दरवाजा बंद करते-करते उन्होंने दुबारा आश्वस्त किया, "यहाँ तुम्हें कुच्छ नहीं होगा।"

केतकी ने अपने कमरे की बत्ती बुझा दी और लेट गयीं। हे भगवान, इस मुहल्ले में

सब ठीकठाक रहे, सब सही-सलामत रहें। हे भगवान, सुबह उठकर वह देखे कि सबकुछ ठीकठाक चल रहा है। रास्ता-घाट सब स्वाभाविक है।

लेकिन अगर कोई हंगामा नहीं होनेवाला है, तो किरायेदार सुनन्द और कजरी, आज वापस क्यों नहीं लौटे? दोनों प्राणियों को ही तो चोर डाकुओं का ख़ौफ दबोचे रहता है। दो दिन गुज़र गये, वे दोनों लौटे क्यों नहीं?

असगर भी तो घर नहीं लौटा।

ऐसे कितने लोग अपने-अपने घर नहीं लौट सके? कौन, कहाँ काम पर गया होगा और अटक गया। अपने घर नहीं लौट पाया?

कहीं शुभम् और राका कहीं जाकर, अटक न गये हों। वह कैसे उनकी खोज-ख़बर ले? कैसे?

ऐसे में शुभम् के पापा का न होना, बेहद सालता है। अगर वे होते, तो क्या कहते?

"तुम घबड़ाओ मत। ठाकुर जी देखेंगे। वे सब कुछ सर्वनाश नहीं करते? सारा कुछ क्या ध्वंस कर देंगे? विपदा कट जाएगी।"

लेकिन, केतकी किसी दिन भी 'ठाकुर जी देखेंगे'-इस ख़्याल को थामे हुए बैठे रहना, उन्होंने नहीं सीखा।

इसके बावजूद वे जैसे अपने मन को तसल्ली देती रहीं - सब ठीक हो जाएगा। सब कुछ।

मस्जिद तो जाने कहाँ टूटी है, उसके लिए यहाँ कोई विपर्यय...कोई दंगा फसाद क्यों होने लगा?

असगर की आँखों में गूँगी दहशत--अम्मा जी मुझे पकड़ा मत देना, अम्मा।

नहीं, असगर के साथ कहीं, कुछ नहीं होगा। वह जरूर अपने घर लौट जायेगा। जब कुछ ठीक हो जाएगा।

इतनी देर बाद, केतकी की आँखों में नींद उतर आयी। मानो असगर के लिए वह अपने दरवाजे खोल देंगी, शायद इसीलिए वे अब तक सोयी नहीं थीं।

असगर! असगर! तुम झूठमूठ डरो मत। इस मुहल्ले में कोई हंगामा नहीं हुआ, कभी हंगामा होगा भी नहीं।

दो

''इस मुहल्ले में कोई हंगामा नहीं होगा, हो सकता नहीं''- यह भरोसा तो मुझे भी था, मौसी!''

''रुचिए, तुम इतनी उत्तेजित क्यों हो?''

''उत्तेजित होऊँगी नहीं?''

''वह सब क्या है?''

''ढेर सारे आलू-प्याज ख़रीद लिये--''

''ढेर सारे क्यों? उत्तेजना तो इसी तरह फैलती है, भई! अरे, बाज़ार है या नहीं?''

''आप हैं कहाँ, मौसी? बाज़ार कभी भी....किसी वक्त बंद हो सकता है, आपको ख़बर है? जितना कुछ हो सके, खरीदकर रख लीजिए। वैसे आप अकेली इन्सान ठहरीं! ज़्यादा की ज़रूरत भी नहीं पड़ेगी।''

''अरे, बिटिया, देखा जाएगा।''

असल में केतकी ने संग्रह में कभी भरोसा नहीं किया। अफवाहें तो बनती फैलती रहती हैं। आज बाज़ार में तेल नहीं मिल रहा है, चावल के दाम बढ़ गये, दूध बाज़ार से ग़ायब है। अरे नहीं मिलेगा, तो नहीं खाएँगे। ख़रीद ख़रीदकर कितना जमा करें?

रुचिए ने सिर हिलाकर कहा ''पता नहीं, क्या होने वाला है।''

''क्यों, कहीं कोई हंगामा तो नहीं हुआ। दंगा-फसाद भी नहीं हुआ।''

''हाँ, अभी तक हुआ तो नहीं--''

''रास्ते पर गाड़ी-घोड़ा चल रहे हैं?''

''गाड़ी-घोड़ा? हम लोगों को तो नज़र नहीं आया। आपने क्या देखा? नहीं, कहीं, कुछ नहीं चल रहा है। कर्फ्यू जारी है न?''

''कर्फ्यू?''

''गवरमेंट तो खैर, बहुत अच्छा काम कर रही है। लेकिन लोग मिलते-जुलते हैं, साथ-साथ चलते-फिरते हैं, अफवाहें तो फैलेंगी ही, उत्तेजना भी बढ़ेगी और उसके बाद ही मार-काट शुरू हो जाती है।''

"स - ब बंद है?"

"स - ब!"

"ऐसा कितने दिन चलेगा?"

"कौन बता सकता है, मौसी? इधर, यहाँ जो कुछ चल रहा है...."

"हुआ क्या है? बता तो सही?"

रुचिए ने अँधेरे में डूबी अपनी आँखें ऊपर उठायीं।

"बहुत बुरी ख़बर है, मौसी!"

"क्या? कौन-सी बुरी ख़बर?"

केतकी को अहसास था कि असगर साँस रोके, उनकी बातें सुन रहा था।

"कहीं....दंगा.... तो नहीं छिड़ गया?"

"नहीं, दंगा-हंगामा तो नहीं! लेकिन, आप सोच सकती हैं, लोगों का दिमाग बिल्कुल धो दिया गया है -? जिसे कहते हैं, मग़जधुलाई!"

"मगजधुलाई?"

"इसके अलावा और क्या? पढ़े-लिखे लोग.... नौकरी-चाकरी करके अपना आहार जुटाते हैं! लेकिन सम्पन्न बंगाली मध्यवित्त? वे कह रहे हैं, मस्जिद तोड़ दी, अच्छा किया। उनका कहना है, हिन्दुस्तान में मुसलमानों को बेवजह ही खुश किया जा रहा है, वे लोग सिर पर चढ़ गये हैं।"

"ऐसी बातें कौन कर रहा है?"

"कौन नहीं कर रहा है? नन्दू, अमृता' दी, गोरा, बासु...कौन बातें नहीं कर रहा हैं?"

"ये..... लोग.... क्या कह रहे हैं?"

"बताया तो! दरअसल, धर्म के नाम पर कट्टरता का ज़हर, चारों तरफ बिखेरा जा चुका है। कहा न, बिल्कुल ही मगजधुलाई हो चुकी है ! दिमाग धो-पोंछकर, साफ कर दिया गया है। समाज के इस तबके में...."

"लेकिन, क्यों? वैसे अमृता लोग तो....."

"छोड़िये तो! उसके दादा, जाने कब तो.... कितने सालों पहले...ढाका आये थे। एक क्यों, बीच की दो-दो पीढ़ियाँ, उस पार के बंगाल के बारे में कुछ जानती ही नहीं। मैं कहती हूँ। वहीं जन्मे, पले-बढ़े, लिखाई-पढ़ाई की, अब ये बातें कहना क्या उन लोगों को शोभा देता है?"

"खैर, ये सब बहस बाद में भी हो सकती हैं। यहाँ की सारी हालत ही.... पता नहीं।"

"जिन लोगों ने मस्जिद तोड़ी है, वे तो साम्प्रदायिक दंगा ही फैलाना चाहते हैं। धार्मिक ग्रन्थों में देश को टुकड़े-टुकड़े करना चाहते हैं। उन लोगों की इस करतूत को.....इतना. .... हमारे चारों तरफ इस कदर नैतिक समर्थन मिल रहा है, यही बात दिल को ज़्यादा चोट पहुँचा रही है।"

"राम क्या इतिहास-पुरुष हैं? वे तो साक्षात् भगवान हैं।"

"कैसे भगवान? आप राम की पूजा करती हैं?"

केतकी ने ईषत् हँसकर जवाब दिया, ''मैं भले न करूं, लेकिन सुनन्द और कजरी तो करते हैं। राम तो लाखों-करोड़ों जगहों में पूजे जाते हैं।''

''खैर, पूजा-पाठ तो और बात है, यह तो वैसी स्थिति नहीं है। मेरा मतलब था, ऐसी किसी हरकत से, समूचे देश में साम्प्रदायिक दंगे भड़क सकते हैं। लेकिन अमृता दी का कहना है, दंगा भड़कता है, भड़के।''

शुभम् के पापा जितना, गोपाल में, अटूट विश्वास नहीं है, मगर उनके साथ, कुछेक निजी विश्वास ज़रूर है।

उसने कहा, ''सरकार दंगा कभी भड़कने नहीं देगी, तुम देख लेना।''

''इन्सान का मन, ऐसा कैसे हो गया?''

''सभी लोग क्या एक जैसे होते हैं?''

''लेकिन मुझे बेहद तकलीफ हो रही है, मौसी। पता है, शमी बता रही थी कि बाबरी मस्जिद का मामला काफी दूर तक खिंचेगा। ये कट्टरवादी भी छोड़ने वाले नहीं हैं। यह एक सूझी-बूझी परिकल्पना है। सुनियोजित रणकौशल है। जंग होकर रहेगी।''

''शमी? अपनी शमी ने यह बात कही?''

''हाँ, आप तो उसे जानती हैं। कब वह सीरियस बातें करती है, कब मज़ाक, समझना मुश्किल है। हर वक्त ही.....''

''तुम्हीं लोगों के साथ काम भी तो करती है।''

''हाँ, हमेशा ही! सुबह-सवेरे झगड़ा करने आ धमकी! कहने लगी-''रामायण और महाभारत देखते ही टूट नहीं पड़ते? बाज़ार में सभी रामायणी युद्धास्त्र नहीं बिकते थे? हिन्दी फिल्मों में ठाकुर जी की जय-जयकार करते नहीं दिखाते? धीरे-धीरे जंगी हिन्दुत्व तैयार करके, लादने का काम नहीं चल रहा है? लोगों ने बीजेपी को वोट नहीं दिया? तब, कुछ समझ में नहीं आया? लड़ाई तो बहुत पहले ही छिड़ जानी चाहिए थी।''

''ठीक ही तो ! ....इतना कुछ तो मैने सोचा ही नहीं था।''

सच तो यह है कि रामायण-महाभारत देखकर, केतकी परम खुश हुई थी, लेकिन इस वजह से क्या मस्जिद-मंदिर के बारे में दंगों का समर्थन किया जा सकता है?

''खैर, छोड़िये मौसी, कोई जरूरत हो, तो बता दीजिएगा।''

''रुचिए शबीना अपने घर लौट गयी थी न?''

''हाँ! कल ही! अच्छा चलती हूँ मौसी! माँ फिक्र कर रही होगी।''

''हाँ, जाओ! फिर आना!''

रुचिए तेज़-तेज़ चाल में बाहर निकल गयी।

शबीना का ज़िक्र छिड़ते ही, वह चली गयी।

रुचिए ने क्या शबीना को पनाह दी है? जैसे केतकी ने असगर को शरण दी है?

केतकी लम्बे-लम्बे डग भरते हुए, ऊपर चली आयी। अब तक उन्हें कोई ख़्याल नहीं आया था। लेकिन अब वह एकदम से परेशान हो उठीं। अगर कहीं रुचिरा ऊपर आ पहुँची, तो और लोग भी आ सकते हैं, असगर को सभी पहचानते हैं। लेकिन अगर

कोई उसे........?''

सन् छियलिस की बात याद है न? कुछ दिनों केतकी सपरिवार कालीघाट में रहती थी। उन दिनों केतकी की उम्र कितनी रही होगी? हद से हद बीस साल। अपनी ससुराल में थी। वह भी किराये का ही घर था। उन्हें अच्छी तरह याद है कि सोलह अगस्त को क्या होगा, इसका किसी को अन्दाज़ा नहीं था। सोलह अगस्त किसी के विवाह की तारीख थी। उस ज़माने में ब्याह के दिन शहनाईवादक बुलाये जाते थे। रोशनचौकी पर बैठकर, वे लोग शहनाई बजाते थे। अब तो सब कैसेट बजाते हैं।

ये तमाम शहनाईवादक मुसलमान होते थे। घर-घर में विवाह के आयोजन हुआ करते थे। लेकिन सोलह अगस्त के बाद जाने कैसा भयंकर रक्तोत्सव आरम्भ हुआ। केतकी के मुहल्ले के लड़के ही शहनाईवादक मुसलमानों को घसीट-घसीटकर सड़क पर ले आये और.......

उन लोगों को तो पता ही नहीं चला कि तारिणी बाबू के घर में एक शहनाईवादक कितने ही दिनों तक छिपा रहा। अंत में पुलिस वैन आयी थी और उसे ले गयी। केतकी की सास ने कहा था -- वाकई! बड़ा हिम्मत है।

शायद उन्हीं दिनों ही भवानीपुर, कालीघाट - इन सब मुहल्लों से मुसलमान लोग उठकर चले गये। उसे याद है.....सब कुछ याद है।

केतकी असगर के कमरे में दाखिल हुई।

''असगर!''

''सुन लिया, अम्मा!''

''क्या कर रहे हो।''

''हम निकल पडे। उसके बाद जो होगा, अल्लाह मालिक है।''

केतकी ने पल भर में तय कर लिया।

''सुनो, कल सुबह फारिग हो लेने के बाद, थोड़े से मुरमुरे-बताशे खाकर, मेरे साथ ऊपर छत पर चलना। जब तक सब कुछ चलने नहीं लगता, तब तक तुम यहीं रहो।''

''अम्मा!''

असगर दीवार थामकर उठ खड़ा हुआ। सहसा समूचा घर दुर्गन्ध से भर गया। असगर के चेहरे-मोहरे पर विहल आतंक और शर्म।

''यह मैने क्या किया......?''

केतकी चट् से खूँटी से अपनी एक साड़ी उतार लायी और साथ में एक गमछा भी।

''कोई बात नहीं ! डर की हालत में ऐसा हो जाता है। जाओ, जाओ, नीचे चले जाओ। किरायेदार घर में नहीं हैं, इसलिए.....''

असगर लुंगी सम्हाले-सम्हाले नीचे उतर गया। केतकी ने आखिरी बार मल-मूत्र कब साफ किया था? शुभम् के शैशव में? सास की बीमारी में? शुभम के पापा के समय तो यह सब नहीं किया था। शुभम् जब नन्हा बच्चा था, तब जो किया, सो किया। लेकिन अब?

उसने अखबार भिगोकर निचोड़ लिया। उस भींगे कागज़ से एक बार उन्होंने पखाना समेट लिया। उसके बाद भीगे पोंछे से ऊपर का घर, दालान, सीढ़ी पोंछ डालीं। उसके बाद कागज और पोंछा, आँगन के कोने में रखे हुए कूड़े के टिन में फेंक आयीं।

राका कहती थी, "बंगलोर, मद्रास-सभी शहर, कलकत्ता से कहीं अधिक साफ सुथरा है। कलकत्ता के लोग-बाग कूड़े-कर्कट में ही वास करते हैं और बड़ी-बड़ी बातें करते हैं।"

असगर बाहर निकल आया।

उसने केतकी की साड़ी का फेंटा कसकर, लुंगी की तरह पहन ली थी। लुंगी और गमछा धो डाला था।

"चलो, ऊपर चलो।"

"इतने झमेले में क्यों पड़ती हो, अम्मा? यह मैंने तुम्हें किस फज़ीहत में डाल दिया।"

"धीरे! धीरे! सभी लोग यही जानते हैं कि मैं अकेली रहती हूँ।"

"पता नहीं मोरे घर का क्या हाल होगा। मँझला यूँ हड़क जाएगा, यह क्या पता था? तभी से.....?"

"देखो! बात मत करो।"

"ठीक है! अब नहीं बोलूँगा। चुप रहूँगा।"

छत पर आकर, असगर कोर्निस के नीचे से झुके-झुके कमरे में घुस गया। यह कमरा निहायत गोदाम घर बन गया था। चौकी पर कपड़ों का स्टैंड, शुभ के बचपन की तिपहिया साइकिल, एक खाट, खिड़की के दो पल्ले, आलतू-फालतू के सैकड़ो सामान। घर पोंछने के लिए फटे-पुराने पर्दे, बेडकवर, सारा कुछ गठरी की तरह ढेर में गुड़े-मुड़े पड़े हुए। पिछले कितने ही दिनों से वह कमरे की साफ सफाई करने की सोच रही थीं, ताकि आलतू-फालतू सामान फेंक दे। लेकिन इसका वक्त ही कहां मिला?

"अभी यहीं रहो, मैं झाडू और चटाई दे जाती हूँ।"

"लुंगी और गंजी, मैं धो लाया था...."

"कमरे में ही फैलाना सुखाना होगा..."

"हाँ, सूख तो जाएगा। खिड़की के ये पल्ले हमसे ही तो खरीद लाने को कहा था। अभी तक बैठाले नहीं गये"

केतकी क्या जवाब देती? ऐसे मुश्किल वक्त, वह खिड़की बिठाने की सोच रहा था? या स्वाभाविक होने की कोशिश कर रहा था?

'मैं चलती हूँ --"

दूसरी मंज़िल से चटाई, झाड़ू, एक बोतल पानी, गिलास, ओढ़ने के लिए सुजनी वगैरह लाकर, वे असगर को सौंप गयीं। बार-बार ऊपर आने-जाने में उनके पाँव अकड़ जाते हैं।

"खाना बन जाएगा, तो दे जाऊँगी। अभी ज़रा देर सो लो। दरवाजा अन्दर से बंद कर लो और हाँ, छत पर मत निकलना।"

नीचे उतरकर, केतकी सीढ़ियों पर ही बैठ गयीं। रात को भी वह ठीक तरह सो नहीं

पायी थीं। असगर के आने के बाद से ही उनके मन में उत्कंठा बनी रही, फिर भी देह टूट रही थी। रुचिए की भाषा में, दिमाग़ जब अति-सक्रिय हो उठता है, तो देह, नर्व सी एनर्जी पर चलती रहती है। केतकी इतना-इतना क्यों सोच रही है? असगर को देखकर शायद कोई भी कुछ न कहे या कुछ न करे, आज उठो बार-बार उन् छियालिस के दंगों की याद क्यों आ रही है? पिछले छियालिस सालों में उसे उस दंगे की कितनी बार याद आयी है?

मुसलमानों के बारे में ही क्या उन्होंने अलग से कभी, कुछ सोचा है? उनके मुहल्ले से पूरब दिशा की ओर, काफी आगे तक बढ़ते रहने के बाद, घंटातला और कबाड़ी बाज़ार के करीब एक मस्जिद हुआ करती थी। दमदम हवाईअड्डे की सैर के लिए जाते हुए, रुचिए की माँ ने ही वह मस्जिद दिखायी थी। वह भी ज़माने पहले।

उस वक्त उसने वह मस्जिद देखी थी।

वह मस्जिद क्या अभी भी मौजूद है?

या अब वह नहीं रही।

केतकी बाज़ार भी जाती हैं। इतने सालों में बहुत सारे चेहरों की पहचान हो गयी है, जो लोग साग तरकारी मछली वगैरह बेचते हैं, उनमें से बहुतेरे मुसलमान हैं। जिस बंदे को वह पुरो अखबार-शशी बोतल बेचती है, वह भी जयनगर का मुसलमान है। सभी लोग उसे जाने क्यों, 'मामा' बुलाते थे। केतकी भी उसे 'मामा' ही बुलाती हैं।

असगर और मंझले, दोनों ही वर्षों के जाने-पहचाने काठ-मिस्त्री! उन दोनों के बारे में, उसने अलग से, कभी, कुछ नहीं सोचा।

आज वे क्यों सोच रही हैं?

कहीं वे ज़रूरत से ज़्यादा तो नहीं सोच रही हैं?

रुचिए तो पढ़ी-लिखी लड़की है। उसका मन भी काफी सजग है।

लेकिन केतकी उस पर भी भरोसा करके, उसे यह नहीं बता पायीं कि असगर उन्हीं के पास है। उससे वे क्यों नहीं कह सकीं? ना, केतकी अब नहीं सोचेंगी, बिल्कुल नहीं सोचेंगी।

वैसे किसी ज़माने में वे ज़रूर सोचा करती थीं।

कभी वे लगातार सोचती रहती थीं कि कैसे तीन सौ पचहत्तर रुपये में गृहस्थी चलाते हुए, कुछ रुपये-पैसे बचाकर, टिन के मुंहबंद डिब्बे की कटी हुई दरार से, अन्दर डाले जाएँ। जब वे छ; महीने या साल भर बाद, वह डिब्बा खोलेंगी, तो उन्हें कितनी रकम मिलेगी, यह भी सोचती रहती थीं।

उनकी सोच में यह मुद्दा भी शामिल रहता था कि इस वर्ष जाड़े में वह क्या खरीदेंगी? शुभम् के पापा के लिए गर्म कोट या शुभम् के लिए पुलोवर? 'पूजा' में वह भाभी को साड़ी दें या उनके बेटी दामाद को उपहार दें? अपने चश्मे की मरम्मत ज़्यादा ज़रूरी है या नल बदलना?

शुभम् के पापा खूब हँसते थे।

'भई, तुम इतना क्यों सोचती हो? जिन्होंने सोच दी है, वे ही सोच लेंगे। हम या तुम सोचनेवाले कौन होते हैं?''

दीवाल पर टँगे काठ के ठाकुर सिंहासन में स्थापित, बाल-गोपाल की मूर्ति पर सारी फिक्र-सोच का जिम्मा लादकर, शुभम् के पापा निश्चिन्त होना जानते थे। केतकी तो यह भी नहीं जानती।

वह मूर्ति भी कुछ ख़ास नहीं थी। कालीघाट से ख़रीदी गयी थी, सास की अश्लमारी में रखी हुई थी। ठाकुर देवता की मूर्ति, चाहे वह मिट्टी की हो या पीतल की या चीना मिट्टी की उसकी सास अश्लमारी में सजा देती थी। ठाकुर घर में छोटा-सा शिवलिंग प्रतिष्ठित था। वह शिवलिंग जेठ जी अपने साथ ले गये।

अब न तो जेठ रहे, न जेठानी। उनके बच्चों में एक कूचबिहार में था और दूसरा अन्दमान में।

उसकी इकलौती ननद अमेरिका, अपनी बेटी के यहाँ जा बसी थी।

शुभम् के पापा की ही आमदनी सबसे कम थी। उन्होंने ब्याह भी किसी गरीब घर की लड़की से किया। उन्होंने वह मूर्ति माँग ली। जब उन्होंने घर बनवाया, तो कहा भगवान जी ने ही कृपा की। शुभम् से पहले, जो बेटी आठ महीने की होकर जाती रही, तो उन्होंने केतकी को तसल्ली देते हुए कहा - ''ऊपरवाले ने ही दिया था, उन्होंने ही ले लिया।''

केतकी ने कभी अपने से कोई सवाल नहीं किया कि आखिर उनके मन में विश्वास है या नहीं।

वैसे बाल-गोपाल को आज भी फूल, जल, गुजिया या बताशा और धूपकाठी का चढ़ावा, नियमित रूप से मिलता है।

केतकी मशीनी अभ्यास मुताबिक आज भी फूल, जल मिठाई चढ़ाकर बाल-गोपाल की पूजा करती हैं। ठाकुर जी के आसन पर कुछ और चीज़ें जुड़ गयी हैं – जैसे, शुभम् के पापा का चश्मा, उनकी सुँघनी की डिबिया और एक पॉकेट आकार की गीता।

केतकी बिना कुछ सोचे ही दीवार की तरफ हाथ जोड़कर प्रणाम करती हैं। लेकिन मन में कोई आत्मसमर्पण नहीं होता, जैसे वे इस वक्त अपने मन को तसल्ली नहीं दे पा रही हैं कि असगर को यहाँ ठाकुर जी ही लाये हैं। ठाकुर जी ही इन्तजाम करेंगे।

एक अदद मुसलमान के लिए बाल-गोपाल आखिर क्या इन्तज़ाम करेंगे? अगर समूची पृथ्वी की जिम्मेदारी बाल-गोपाल पर ही हो, तो वे क्या असगर की भी रक्षा करेंगे? वह बाल-गोपाल का भजन-वन्दन नहीं करता, इसके बावजूद वे उसकी हिफाजत करेंगे?

केतकी नहीं जानती, कुछ भी नहीं जानती।

केतकी उठ खड़ी हुई। साड़ी-कपड़े उतारकर साबुन रगड़-रगड़कर वह नहाती रहीं। एक अदद वयस्क आदमी का मल-मूत्र छुआ था, उसकी बदबू मानो सारे बदन में लिपटी हुइ थी। यह क्या मुसीबत है? अजीब आफत है यह! लेकिन बैठे रहने से भी तो काम नहीं चलेगा। एक बार बाज़ार का चक्कर तो लगाना ही होगा।

साड़ी-कपड़े बदलकर, उन्होंने बाल सँवारे और दो-तीन धाम सीढ़ियाँ चढ़कर उन्होंने

असगर को आवाज़ देकर कहा, ''बाहर के दरवाजे पर ताला चढ़ाकर मैं ज़रा बाज़ार होकर आती हूँ।''

असगर ने खामोशी से सिर हिला दिया।

जब वे लौटीं तो उन्होंने देखा, असगर अपनी लुंगी और गंजी, चटाई पर बिछाकर, एक कोने में बैठा हुआ था।

''अपनी आँखों से रास्ते घाट का हाल देखे बिना, तुम अन्दाजा ही नहीं लगा सकते कि बाहर क्या हाल है?''

''टीवी नहीं है, अम्मा?''

''क्यों?''

''ख़बर हो रही है न! चाँदीपोता के बारे में भी कुछ बताया कि नहीं, कौन जाने?''

''टाइम होने दो, सुन लूँगी! दरवाज़ा अन्दर से खींच लो।''

''आप ठहरीं पुरनिया औरत.....''

वाकई! समाचार सुनने के लिए, अब तक उन्होंने टीवी क्यों नहीं खोली? आज उन्हें क्या हो गया है?

अचानक उन्हें ख्याल आया, आज उन्होंने चाय भी बनाकर नहीं पी।

असगर से बिना कहे सुने वे दूसरी मंजिल पर उतर आयीं, अच्छा अगर सच ही कोई विपदा टूट पड़े?

शुभम् ने टेलीफोन लेने के लिए कितनी ज़िद की, लेकिन केतकी ही राजी नहीं हुईं।

''टेलीफोन की क्या ज़रूरत है मुझे....''

''तुम्हारी उम्र हुई, रोग-बीमारी.....''

''अगर ऐसा कुछ हुआ, तो डॉक्टर भी इसी मुहल्ले में है--''

''अगर उससे भी कोई बड़ा हादसा हो जाये, तो?'

''तो रुचिए फोन कर देगी न!''

''फोन लेना कोई बड़ी बात नहीं है, माँ! रुपये टिकाते ही सब हो जाता है।''

''देखो, शुभ, घर में फोन रहा, तो सारे किरायेदार भी फोन करने आते रहेंगे। उन्हें मना भी नहीं करते बनेगा। बेकार अशांति बढ़ेगी।''

राका ने फौरन हाँ में हाँ मिलायी, ''हाँ, यह बात तो सच है। यह टिपिकल निम्न मध्यवित्त बंगाली मुहाल है न। ऐसा बिल्कुल संभव है। ऐसा हो ही सकता हैं।''

शुभ हँस पड़ा, ''ऐसी बात मत करो। उस मुहल्ले में भी ऐसे बहुतेरे लोग हैं, जिनके कपड़े-पहनावे देखकर कुछ भी अन्दाज़ा नहीं लगता। लेकिन, ज़मीन मकानों की दलाली, ठेकेदारी करके, उन्होंने लाख-लाख रुपये ज़रूर बना लिये। आजकल पैसे कमाने के लिए लिखने-पढ़ने की ज़रूरत नहीं पड़ती। किसी और ही चीज़ की ज़रूरत होती है।''

''हुँहः ऐसी दौलत इज़्ज़त नहीं देती।''

उस दिन धन दौलत-रुपयों के वंश-कुलीनता-मान-सम्मान और स्टेटस के बारे में, चुस्त अंग्रेजी में ढेरों तेज़-तर्रार बाते हुईं, लेकिन केतकी ने टेलीफोन लेना मंजूर नहीं किया।

लेकिन आज लग रहा है, टेलीफोन होता, तो भला होता। उन्होंने गैस जलाकर चाय बनायी। चाय पीकर, एक गिलास चाय लेकर, वे ऊपर आयीं। दरवाजा खोलकर, चाय फर्श पर रख दी।

"अम्मा।"

"क्या बात है?"

"एक बार बाहर निकले बिना...."

"क्यों, पेशाब के लिए जाना है?"

असगर ने बेतरह झेंपते हुए सिर हिला दिया।

इसमें उसे इतना झेंपने की क्या बात है? यह तो स्वाभाविक क्रिया है। शरीर है, तो मल-मूत्र भी... देह के तकाजे तो होंगे ही। लेकिन दिन के वक्त अगर वह उतरता-चढ़ता रहा और किसी की उस पर नज़र पड़ गयी, तो?

हालात की अजीबोग़रीब उलझन ने केतकी को कहीं से रुक्ष कर दिया।

उन्होंने दबी-दबी और नीरस आवाज़ में कहा, "चौकी के उस तरफ एक नाली थी। अगर हो सके, तो वहीं बैठ लो। बाद में पानी ले आऊँगी मैं।"

दरवाज़ा बाहर से खींचकर, वे नीचे उतर आयीं। अजीब... बेहद अजीबोग़रीब परिस्थिति थी। अब वे असगर के जूठे बर्तन धोयें, उसका मल-मूत्र साफ करें। इतनी-इतनी बार चढ़ें-उतरें, उनकी अपनी देह, इतना कुछ बर्दाश्त कर पाएगी?

"ओ शुभ की माँ।"

केतकी ने चौंककर देखा।

तीसरी मंज़िल के बरामदे में रुचिए की माँ।

उन्होंने क्या असगर को देख लिया? वे कितनी देर से वहां खड़ी हैं? उफ! मुसीबत पर मुसीबत! मुसीबत जब आती है, तो चारों तरफ से, सैकड़ों झमेले भी घेर लेते हैं।

"सुना नहीं, ओ शुभ की माँ?"

"हाँ, दीदी, कैसी हैं?"

"और कैसी हो सकती हूँ, भला बताओ? जैसा झमेला मचा है चारों तरफ। हर पल यही सुन रही हूँ कि मुसलमान बस, हमलावर होने ही वाले हैं। मुहल्ले के लड़के भी तैयार बैठे हैं --"

"अरे, ऐसा कैसे होगा? रुचिए तो अभी-अभी बाज़ार से सौदा ख़रीदकर लौटी है।"

"इस मुहल्ले में सवेरे-सवेरे बाज़ार में कभी भी सन्नाटा नहीं होता। लेकिन अगर कहीं दंगा-फसाद छिड़ जाए, तो?"

"तो मैं आपलोगों के घर चली जाऊँगी।"

"सुबह-सवेरे छत पर क्यों गयी थीं?"

सच ही तो। केतकी हमेशा तो छत पर नहीं जातीं।

"अरे, अजूल-फजूल चीजें समेट रही थी। बीच-बीच में छतवाले कमरे की भी देखभाल करना जरूरी होता है न?"

''मुझे तो नीचे उतरने की मनाही हो गयी है, आपको नहीं पता?''

''क्यों?''

''महारानी का हुक्म जारी हो गया है —दूसरे माले पर ही रहो, नीचे मत उतरना–''

''आप तो दूसरी मंज़िल पर ही रहती हैं न?''

''मारे गुस्से के, तीसरे माले पर चली गयी हूँ। अरे, भई, तुम लोगों का ऑफिस बंद है। कहीं कोई झमेला नहीं है। अब अपने ही घर में ज़रा घूम-फिर भी नहीं सकती? मैं क्या कहूँ, बताओ?''

''तीसरी मंज़िल भी तो सुन्दर है —''

''तकदीर! तकदीर! इसे तकदीर कहते हैं। सब कुछ रहते हुए भी, कोई नहीं रहा। इसीलिए उसके आसरे-भरोसे पर निर्भर हूँ। इसीलिए बेटी मुझे पीस-पीसकर मार रही है। खैर, छोड़िये। वह तो शुक्र है कि मैं ऊपर गयी, तो आपके दर्शन हो गये, अच्छा, मैं चलती हूँ। नीचे जाना है। यह भी शुक्र है कि इस वक्त घर में केबल टीवी है, इसलिए समय आराम से गुज़र जाता है। आपके पास तो वह भी नहीं है।''

''हाँ, नहीं है।''

''रंगीन टीवी भी नहीं है?''

''ना...''

रुचिए का माँ सहसा अपार करुणा से पुलक उठी, ''तो आप मेरे यहाँ चले आइएगा, अच्छी-अच्छी फिल्में देखेंगे। वह तो किस्मत से उस वक्त मेरा बेटा रामायण और महाभारत के कैसेट ख़रीदकर दे गया था, वह भी देखती रहती हूँ।''

रुचिए की माँ नीचे उतर गयीं। अब वे टी वी खोलकर बैठ जाएँगी या वीसीआर!

लगता है, अब बहुतेरे लोग कैसेट पर फिल्में देख रहे होंगे। अनिवार्यरूप से गृह-बंदी लोगों के लिए, वक्त गुज़ारने का उपाय। केतकी ने तो केबल लिया नहीं है। उन्होंने वीसीआर भी नहीं ख़रीदा है। यहाँ तक कि उनके पास रंगीन टीवी भी नहीं है।

शुभ ने उनके लिए रंगीन टीवी ख़रीदना चाहा था।

मगर राका ने हंसकर कहा, ''रहने दो न, श्वेत-श्याम टीवी ही रहने दो। एक दिन ऐसा भी आएँगा, जब यह चीज़ ढूँढ़े से भी नहीं मिलेगी। तब माँ उसे 'ऐंटीक' के तौर पर बेच सकेंगी। आजकल 'ऐंटीक' का जैसा बाज़ार है...''

नौकरी मिलने के बाद, शुभ ने एक छोटा-सा श्वेत-श्याम टीवी ख़रीद दिया था।

केतकी सीढ़ियाँ उतरती रहीं।

हाँ, है न। राका की भाषा में कुछेक 'ऐंटीक' चीज़ें इस घर में मौजूद हैं। वैसे यह नहीं मालूम कि वे सारी चीज़ें बेची जा सकती हैं या नहीं। शुभ के पापा का हजामत बनाने का उस्तरा, चाँदी के दस सिक्के। हर सिक्का जॉर्ज पंचम के ज़माने का। केतकी को विवाह में मिला, पीतल का पाउडर केस, जिस पर मीना की नक्काशी, अभी भी साफ नज़र आती है, पुराने ज़माने का फिलिप्स रेडियो और फिर शुभ की तिपहिया साइकिल ही 'ऐंटीक' क्यों नहीं मानी जाएगी?

वैसे केतकी क्या खुद भी 'ऐंटीक' नहीं हैं? उनकी इतनी मामूली-मामूली ज़रूरतें, इतने कम में ही वे सन्तुष्ट हो जाती हैं, ऐसे बाबा आदम के ज़माने के मकान में रहती हैं, फिर भी उन्हें किसी तरह का अभाव-बोध नहीं है।

रुचिए का मूड जब अच्छा होता है, तब वह आँखे सिकोड़कर, उँगलियाँ नचाते हुए, उन्हें समझाती है।

"अभाव जन्म लेता है, प्रतियोगिता के मनोभाव से! उसके पास क्या-क्या है, हमारे पास क्या-क्या नहीं है। उसके पास जो है, वह मुझे भी चाहिए—यह सब स्टेटस बदलने की प्रतियोगिता है।"

"अरे! मेरे पास क्या नहीं है?"

"अभाव-बोध ही नहीं है।"

"फिर?"

"खैर, आप पुराना मॉडल हैं, लेकिन निर्भरयोग्य हैं।"

"और तुम खुद?"

"आप और मैं तो दो अलग-अलग पीढ़ियों की इन्सान हैं, मौसी!"

केतकी ने सोचा, इस बार वह उससे पूछेंगी, "रुचिए, मैं भी क्या 'ऐंटीक' हूँ? मेरा भी कोई विक्रय-मूल्य है?"

उनका कोई मूल्य नहीं है, केतकी जानती हैं। पुराने माल-असबाब वगैरह-वगैरह के दाम भले ऊँचे हों, मगर पुराने इन्सानों का दाम बेहद कम है।

केतकी के स्कूल की हेडमिस्ट्रेस जब रिटायर हुईं, तो वे सीधे 'प्रवीणा आश्रम' में चली गयीं।

उन्होंने कहा, "रुपये-पैसे रहते-रहते इन्तज़ाम कर डालूँ। मैंने विवाह नहीं किया। भाइयों की गृहस्थी में रुपये ढालती रही, अपनी माँ के लिए। माँ को ही उन लोगों ने जैसे ठाँस-धकियाकर रखा, मेरे साथ क्या करेंगे, मुझे पता है।"

अब वे मज़े में हैं। विजयादशमी पर उनका ख़त भी मिलता है।

केतकी ने अपने कमरे में आकर दुबारा कपड़े बदल डाले। आँख-मुँह पर पानी के झपटे मारे। कहीं वे झक्की तो नहीं होती जा रही हैं? आज उन्होंने दो-दो बार साड़ी क्यों बदली? उन्होंने बाल सँवारे और हाथ में छोटा सा पर्स और थैला लेकर, वे कमरे से बाहर निकल और दरवाजे पर बाहर से ताला चढ़ा दिया।

सड़क की तरफ बढ़ते हुए, उन्होंने ग़ौर किया, आस-पास लोग बाग बेहद कम थे। कहीं, कोई रिक्शा भी नज़र नहीं आया। बाज़ार के सामने वाले फुटपाथ पर यूँ तो हमेशा ही भीड़ लगी रहती थी, आज वह भीड़ भी गायब थी। सिर्फ एक ही जगह पर विशाल भीड़ जमा थी। सभी लोग अखबार ख़रीद रहे थे। एक लड़का, हाथ नचा-नचाकर लोगों को कुछ समझा रहा था।

केतकी उस लड़के का पहचानती थी। उस लड़के का घरेलू नाम, शमी था। वैसे उसका एक अच्छा-सा नाम भी था। उसका घर 'क' का घराना था। तमाम लड़के-लड़कियों

का नाम 'क' से शुरू होता है। लेकिन आधुनिक, श्रवण-शोभम् नाम में भाटा पड़ गया था। उस लड़के का नाम शायद कौमुद था।

रुचिए ने उसे छेड़ते हुए कहा था, "इसके बाद, तेरे घर में जो लड़के-लड़कियाँ जन्म लेंगे, उनको नाम देना होगा-केला, कच्चा केला, कमरख, करौंधा, कागजी नीबू।"

शमी ने भी नहले पर दहला जड़ते हुए कहा, "मेरे बच्चों का नाम तो तू ही देगी। इतने सालों से सिर्फ छड़ी घुमाती रही, तू मेरी गार्जियन जो है।"

वैसे शमी, अपने घर में ख़ासा अजूबा था। उसके घर के हर प्राणी को कैरियर और तरक्की की समझ थी, लेकिन शमी ही कुछ नहीं समझता था। उसकी आँखें भी बेताह कमजोर थीं। वह मोटे-मोटे काँच का चश्मा चढ़ाये। हज़ारह मामलों में टांग अड़ाता फिरता था। अपने बारे में कोई निन्दा, कोई आलोचना, उसे छूती भी नहीं थी।

किन्हीं दिनों वह केमिस्ट्री ऑनर्स लेकर पढ़ रहा था।

वह छोड़कर, उसने तस्वीरें आँकना शुरू कर दिया।

कई एक प्रदर्शनी भी लगायी, ख़ासा नाम भी हुआ।

मगर तस्वीर छोड़कर वह तबला बजाने लगा।

आजकल कई दोस्तों के साथ मिलकर, वृत्त-चित्र बनाने के काम में जुटा हुआ था। "कलकत्ता की सड़कों के इन्सान' —इस सीरीज में चन्द फिल्में बनाने की योजना थी। दो फिल्में तो वह शायद बना भी चुका है। 'धुमकूक' नामक उसकी फिल्म, रुचिए अपने दफ्तर में दिखा चुकी थी।

रुचिए और शमी हमेशा से ही पक्के दोस्त थे। दोनों झगड़ा भी खूब करते हैं। केतकी ने सुना था, जब रुचिए ने सुशोभन से विवाह किया, शमी सासी बना था।

रास्ते में उसी शमी को घेरकर, कुछ लोग चीख-चिल्ला रहे थे। शमी भी चीख-चीखकर कुछ कह रहा था। क्या कह रहा है?

केतकी ठिठक गयीं। नहीं, दंगा-हंगामा के लक्षण तो नहीं थे।

'पलाश' दा यह आप क्या कह रहे हैं? पाकिस्तान जो कर सकता है, भारत भला कर सकता है?

"क्यों नहीं कर सकता? मैं पूछता हूँ करने में रुकावट क्या है?"

"पाकिस्तान इस्लामिक राष्ट्र है न?"

पलाश बाबू बिल्कुल मारने पर आमादा! उनकी उम्र पचास! बेहद सख़्त बलिष्ठ चेहरा! चश्मे की दुकान से खासी आमदनी थी।

काफी सालों तक उन्होंने विवाह नहीं किया था। करीब चार साल पहले उन्होंने बाइससाला किसी जवान औरत से विवाह कर लिया। अपने डेढ़ वर्ष के बेटे को लेकर, जब वे सड़क पर निकलते हैं, लोग फिकरे कसने लगते हैं — नाना-नाती सैर के लिए जा रहे हैं।

वे अपनी बीवी को बेहद कसकर रखते थे। विवाह से पहले ही उन्होंने अपने बाल काले करा लिये और पोशाक-पहनावे में भी छोकरा जैसी मुद्रा!

रुचिरा की माँ घर बैठे-बैठे ही दुनिया भर की ख़बर रखती थी।

उन्होंने बताया, "पलाश की बीवी की उम्र बाइस नहीं, बत्तीस है। वह कुँवारी भी नहीं है, पहले पति की छोड़ी हुई है पलाश बाबू की तो बुद्धि भ्रष्ट हो गयी थी, बिल्कुल पगला ही गये थे, वर्ना ऐसा ब्याह हरगिज़ नहीं करते।"

पलाश बाबू गरज रहे थे, "पाकिस्तान इस्लामिक राष्ट्र है, तो हमारा क्या? पाकिस्तान में हिन्दू लोग मुसीबत में हैं, बांग्लादेश में हिन्दू ही मार खा रहे हैं, यहाँ हम... मुसलमानों को क्यों छोड़ दें?"

"भारत धर्म-निरपेक्ष राष्ट्र है।"

"इसी तरह तो सर्वनाश हुआ है। सभी लोग मुसलमानों के तलवे चाट रहे हैं, सारी सुयोग-सुविधा, उन लोगों को मिल रही है। तुम्हें कुछ होश है?"

"देखिये, इस वक्त ये सब बातें करके टेंशन को हवा मत दें! आप कहते हैं, मुसलमानों को सुयोग-सुविधा मिल रही है? मैं पूछता हूँ, कौन-सी सुविधा? आप अपना माथा ठंडा रखिये, प्लीज़।"

"नहीं, नहीं रखूँगा।"

"तो फिर जाइये, अपने घर में बैठकर दिमाग़ गर्म कीजिए।"

अखबार और पत्र-पत्रिकाओं की दुकान का ननी अचानक अपनी दुकान छोड़कर उठ आया।

"अबे ओ घोटी के बच्चे, तू बक क्या रहा है?"

हे भगवान! यह कहता क्या है? अभी हिन्दू-मुसलमान हो रहा था, अब एकदम से घोटी-बंगाल? जा ब्बाबा!

शमी ने कहा, "देख फिजूल की आँय-बाँय..., समझते ! अपनी देस-भुंई छोड़कर आना पड़ता, तो पता चलता। साला, घोटी का बच्चा। डरपोक कहीं का।"

ननी ने शमी के चेहरे पर कसकर एक घूँसा जमाया।

शमी का चश्मा, खुद शमी, ज़मीन पर आ गिरे। शमी के माथे पर खून के निशान!

ननी ने धमकी दी! "मार-मारकर तुझे सीधा कर दूँगा।" इतना कहकर पीछे मुड़ा।

केतकी बखूबी जानती थीं, ननी इसी मुहल्ले में पैदा हुआ, बड़ा हुआ। उसके बापू किसी ज़माने में बाज़ार में कीर्तन गाया करते थे।

"मेरा चश्मा..."

शमी का आर्तभनद, केतकी पर मानो चाबुक जैसा पड़ा। उन्होंने अपने चेहरे पर आँचल रख लिया और काँपते पैरों से घर की तरफ लौट चलीं। नहीं सारे के सारे जाने — पहचाने लोग इस वक्त नितान्त अपरिचित हो आये थे।

ननी किस ढंग से बात कर रहा था, मानो वह शमी को पहचानता ही नहीं। कितनी बेदर्दी से उस पर घूँसा जमा दिया। चश्मे का काँच अगर शमी की आँखों में चुभ जाता, तो? नहीं, अब वे बाज़ार नहीं जाएँगी। घर में क्या है, क्या नहीं है, इस बारे में परेशान होने की कोई ज़रूरत नहीं है।

उन्हें सन् छियालिस का ज़माना याद है। कितने ही दिनों तक सभी लोग लगातार सिर्फ दाल-भात पर गुज़ारा करते रहे। उन दिनों बाज़ार भी नहीं बैठता था, रास्ता-घाट बिल्कुल श्मशान नज़र आते थे। जिस दिन पहली बार बाज़ार खुला, शुभ के जेठू, अरवी का पत्ता ख़रीद लाये। उस दिन सब किस कदर खुश हुए थे, केतकी को अब तक याद है।

कितने दिनों गोश्त भी नहीं मिला। कच्चा गोश्त देखते ही, तन-बदन सिहर उठता था।

जिस दिन सड़कों पर 'शांति-जुलूस' नज़र आयी थी, तब एकबारगी ख़्याल आया था कि धरती पर शुभ चाहने वाले लोग अभी भी मौजूद हैं। 'हिन्दू-मुस्लिम भाई-भाई, भाई का खून बहाना नहीं।' ऐसे-ऐसे नारे, वे कान लगाकर सुना करती थीं। शांति-यात्रा के नारे और गानों ने उस दिन खून में लथपथ, भयभीत, असहाय नगर पर मानो सांत्वना का चादर बिछा दी थी। कलकत्ते को शर्म से ढँक दिया था।

लेकिन आज उन्होंने क्या देखा? यह क्या देख लिया?

"कहाँ गयी थीं, मौसी?"

"रुचिरा.....!"

"आप काँप क्यों रही हैं?"

"ननी...ननी! ननी ने शमी को....."

"मारा?"

"शमी का चश्मा टूट गया..."

"अच्छा, इसीलिए शिवेन लोग दौड़ गये। आप परेशान न हों। वे लोग शमी को यहीं ला रहे हैं शमी तो सुनता नहीं। आँखों का कॉन्टैक्ट लेंस लगाने से...?"

"शमी को ननी ने... रुचिरा!"

रुचिरा ने सख्त आवाज़ में जवाब दिया; इस वक्त इन्सान पगला हुआ कुत्ता बन गया है, मौसी। शमी उस वक्त ज़रूर लेक्चर मार रहा होगा। कितना आगाह किया था उसे, अकेले-अकेले कहीं मत जाना। लेकिन वह क्या सुननेवाला बंदा है?"

"उफ! अचानक... बिल्कुल अचानक ही, ऐसा युद्ध छिड़ गया कि..."

"चलिये, आपको घर छोड़ आऊँ! आप तो पसीने से तर-ब-त्तर हो गयी हैं। तबीयत तो ठीक है न?"

"ज़रा आराम करते ही, ठीक हो जाऊँगी।"

"आपने बाज़ार भी नहीं किया?"

"बाज़ार ही तो जा रही थी, कि..."

"कल बाज़ार खुलेगा? एल जी ने तो आज भी कुछ दुकानें खुलवायी थीं। सुना है कि सुबह-सवेरे बेंगिक लोगों को मछली तक मिल गयी। अभी भी कुछेक दुकानें खुली रहेंगी। यानी थोड़ा-बहुत मिल ही जाएगा।"

रुचिरा के मकान के करीबवाले हाइराइज़ से अचानक तेज़-तेज़ वाद्य और अंग्रेजी गाने की झन्न-झन्न आवाजें! मानो बम धमाका हुआ हो।

रुचिरा ने कहा, "ज़रूर यह गाना-बजाना बैंकी लोगों के घर में चल रहा है, सच्ची

यह उन्हीं लोगों की हिम्मत है। जाकर देखिये न, उनके यहाँ जश्न मनाया जा रहा है। गाना-बजाना, कैसेट, फिल्म, फुर्ती — सब चल रहा है। इन्सान इतना अलग-थलग भी यह सकता है, यह जब तक अपनी आँखों से न देखो...''

''ननी लोगों की करतूत दोहराने से तो बेहतर है...''

''नहीं, मौसी, ननी लोगों की तरह हिंस्र होना और बेंगिक लोगों की तरह आँख-कान मूँदकर फुर्ती करना — दोनों ही कभी माफ न किया जाने वाला गुनाह है।

बेंकी या वेंकटागरी, दक्षिण भारतीय प्राणी है, उनकी शक्ल-सूरत से यह अन्दाज़ा लगाना भी मुश्किल है। उसका चेहरा और उसकी बंगाली बीवी का चेहरा, यहीं के बहुतेरे दम्पतियों या जवान औरत-मर्द जैसा ही नजर आता है। रूखे तैलहीन बाल, जीन्स या सलवार-कुर्ता, अंग्रेजी में संवाद, अपने से बाहर कुछ भी और सोचने को नाराज़।

वे दोनों मियाँ-बीवी एक ही जगह नौकरी करते हैं। बेंकी दम्पति मोटरसाइकिल पर सवार होकर दफ्तर आते-जाते हैं। किसी से भी न उनका मेल है, न झगड़ा! इस मुहल्ले से वे लोग सिगरेट या हरी मिर्च तक नहीं ख़रीदते।

उनके हाइराइज में इसी किस्म के लोगों ने फ्लैट खरीदा है। अब तक का विशुद्ध बंगाली इलाका, इसी तरह कॉस्मोपोलिटन यानी बहुजातीय होता जा रहा है। सड़क-फुटपाथ तक बदलते जा रहे हैं। पुराने घर-मकान ढहाते जा रहे हैं। कुछेक पुराने बाशिन्दे पहले ही खिसक गये हैं, कुछेक खिसक लेने की तैयारी में हैं। शहर कलकत्ता में बंगालियों के लिए जगह कम होती जा रही है।

उस गगनचुम्बी इमारत में एक नया हिन्दुस्तान! नीलांजना मराठी थी, पति मद्रासी! अमी तो राजस्थानी, बिल्लू पंजाबी! सीतू और जिनी, दोनों ही बंगली।

वे सभी लोग, सबकी तरह थे। वे लोग एक ही साथ, एक ही बहुतल इमारत में रहते हैं, लेकिन किसी का, किसी के साथ मेल-जोल नहीं है। 'हमारा मुहल्ला' राष्ट्रीय भक्ति की उन्हें कतई समझ नहीं है। वे लोग तो बस, यही कहते हैं-बंगालीज़ आर सो स्वीट! बेहद प्यारे होते हैं बंगाली।

वे लोग कितना कुछ नहीं जानते। जहाँ उनकी हाइराइज़ का सूरज उगता है, केतकी के लिए वहाँ बाँस का झुरमुट था। शमी के पुरखों के ज़माने में वहाँ बाँस का बाग हुआ करता था। केतकी लोगों ने वह बाग, वह बाँस-झुरमुट नहीं देखा, मगर उसका नाम ज़रूर सुना था। लेकिन अब कौन जानता है? अब तो रिक्शेवालों को भी उसकी जानकारी नहीं है।

वे लोग नहीं जानते, सामने जो विशाल तालाब भरा जा रहा है, बीस-बाइस साल पहले, वहाँ पुलिस आधी रात को आया करती थी और नक्सल लड़कों को उतारकर भाग जाने की हिदायत देती थी।

वे लड़के भागते थे या नहीं, केतकी नहीं जानतीं। लेकिन वे यह ज़रूर जानती थीं कि पुलिस उन लोगों को गोली मारकर, उनकी लाशें फेंककर चली जाती थीं।

वे लोग यह भी नहीं जानते कि शमी के ही रिश्तेदार बकू और गणेश स्टोरस की बेटी

रूबी साहा ने किसी ज़माने में, रस्सी से, एक दूसरे की हथेली से हथेली बाँधकर, इसी तालाब में आत्महत्या कर ली थी। बनिया की बेटी से बाम्हन के बेटे के ब्याह को लेकर, दोनों घरानों मे प्रचंड बाधा थी। रूबी का तो कहीं ब्याह भी तय हो गया था।

उन दिनों, उन दोनों ने आत्महत्या कर ली थी। हालाँकि उसी बकू के दोनों भतीजों ने गैर-बिरादरी में विवाह किया और सभी लोग यह बात जान भी गये हैं।

"क्या सोच रही हैं, मौसी?"

"नहीं, सोचने को क्या है? तुम जाओ-"

"चलिये, मैं भी आ रही हूँ। ज़रा बंगला अख़बार पर भी नज़र दौडा लूँ।"

"तुम्हारी माँ बंगला अख़बार नहीं लेती?"

"लेती है। मगर गंगाजल छिड़ककर" अख़बार माँ के कमरे में घुस जाता है। बिक्री के समय नज़र यह आता है कि बहुत से अख़बार तो खोले तक नहीं गये। असल में, मेरी माँ न, दिनोंदिन कैसी तो होती जा रही है।"

"उनकी तबीयत तो ठीक है न?"

"ठीक है, कहूँगी, तो वह भड़क जाएगी। हर वक्त बीमारी की झक। असल में हाथ में ढेरों वक्त है और करने को कुछ है नहीं।"

"तुम एक काम करो..."

"माँ को तो किसी काम में भी दिलचस्पी नहीं है। उनका ख्याल है, मैं बेकार के काम करती हूँ! खैर, आप जाइये, मौसी।"

केतकी ने घर का दरवाज़ा खोला, अन्दर दाखिल हुईं। निस्तब्ध! निस्तब्ध! सब कुछ बेहद निस्तब्ध। आज निःसंगता मानो निगलने को हहरा उठी हो।

आज! आज ही ऐसा लग रहा है। जब सुनन्द और कजरी यहाँ होते हैं, तो अपनी पार्ट-टाइम नौकरानी पर ही कुछ इस तरह चीखते-चिल्लाते रहते हैं, खुद भी इतना चीख-चीखकर बातें करते हैं, इतने तेज़ वोल्यूम में टीवी औन रखते हैं, ऐसी ऊँची आवाज़ में रामभजन का कैसेट बजाते हैं कि केतकी के कानों के पर्दे फटने लगते हैं। थोड़ी-सी निःशब्दता, चुटकी भर नीरवता के लिए केतकी आकुल हो उठती हैं।

जब उन्होंने सुना कि वे लोग नहीं रहेंगे, उस वक्त भी उन्हें भला ही लगा था। आज...सिर्फ आज घर की निःशब्दता महसूस करते हुए उन्हें लगा कि यह सन्नाटा किसी अश्य शत्रु की साजिश है।

घर की दृीवारों की गंथनी बेहद मोटी है, चहारदीवारी भी ऊँची और सख़्त है।

शुभ ने कहा, "माँ भी न! अच्छा-ख़ासा किला बनाकर, उसमें बैठी हुई है।" थोड़ा ठहरकर उसमे कहा, "ऐसी दीवार, ऐसी गंथनी कोई कराता है? असल में पुराने ज़माने के लोगों को कोई आइडिया ही नहीं था। जगह की बर्बादी। खाली जगह का इस्तेमाल करना ही नहीं जानते थे, वर्ना इसी जगह में अच्छा-सा प्लान किया जा सकता था।"

उस ज़माने में भला कौन प्लान करता था? शुभ के पापा की जब जितनी क्षमता हुई, वे घर बनवाते गये। मकयू हरी राजमिस्त्री था। कितने जतन से उन्होंने यह घर बनवाया था।

मकदूम तो अब है नहीं। लेकिन उन दिनों उसी ने हाई स्कूल भी बनाया था, वह भी पुराने मॉडल का मकान था। आज भी वह मकान किस कदर खड़ा है।

यह घर भी कोई एक बार में तो बना नहीं था।

घर बनवाने से पहले, केतकी अपने परिवार के साथ, बाज़ार के पीछे, बाइस रुपये महीने के किरायेवाले घर में रहते थे। एक बड़ा-सा कमरा था। ढँका हुआ दालान! नल, पखाना और बरामदे की गोद में बित्ता भर की रसोई।

मकान मालिक ललित बाबू ने ही उन्हें बढ़ावा दिया, ''ज़मीन ख़रीद लीजिए, साहब! और घर बनवा लें। देखिये न, कैसा खुला मैदान, नम माहौल, बांस के पेड़! ऐसा परिवेश आपको कहाँ मिलेगा?''

उस घर के दरवाजे की सिटकिनी कितनी मोटी और भारी-भरकम थी। ललित बाबू की माँ खुद पोखर से, रसोई के लिए पानी लाती थीं।

वे कहती थीं, ''पोखर के पानी में भात पल भर में सीझ जात है। तरी-तरकारी का रंग भी भला होता है।''

अब केतकी जब बाज़ार जाती हैं, तो उस जगह पर पिछले दिनों का कोई नामोनिशान, खोजने पर भी नहीं मिलता।

अब न वह मकान है, न वह पोखर, न पहले के लोग-बाग़। बच रहा है, सिर्फ शीतला-मंदिर! वह मन्दिर अब ज़रा ऊँचा कर दिया गया है। शीतला मइया अब पीतल के पत्तर में मुड़े गधे पर बैठी रहती हैं। उनके हाथ में पीतल का एक झाड़ू होता है। देवी भी पीतल की पर्तों में मढ़ी — 'कनक शीतला' हैं। देवी की ज़मीन पर ही, अब शनि देवता का भी थान बन गया है। शनिवार के दिन वहाँ खूब-खूब पैसे पड़ते हैं।

इस घर में पहले, एक कमरा पहली मंजिल पर बना, उसके बाद नल और पखाना भी बन गया। केतकी और उनका परिवार इस घर में चला आया। उसके बाद धीरे-धीरे।

मकदूम और शुभ के पापा, आपस में खूब-खूब सलाह-मशविरा किया करते थे। यह बात तो पहले ही तय हो चुकी थी कि शुभ के पापा जैसे-जैसे कर पाएँगे, घर के कमरे बढ़ाते जाएँगे।

उन दिनों मकदूम ही बड़ा मिस्त्री था। वह ठेके पर कामकाज करता था। उसकी आमदनी, शुभ के पापा से कहीं ज़्यादा थी।

लेकिन मकान वह बड़े जतन से बनाता था।

परम शुभाकांक्षी की तरह वह सलाह देता था, ''आपको सस्ता पड़ेगा, बाबू, दराज्जा-खिड़की अभी से रख जावेंगे। इसकूल के लिए जब ख़रीदा था...''

इसी घर में वह पला-बढ़ा, बड़ा हुआ, इसी स्कूल में उसने लिखाई-पढ़ाई की। इसी मुहल्ले में वह धुनकर फुटबाल खेलता था, विश्वकर्मा पूजा के दिन पतंगें उड़ाता था, दुर्गापूजा में वालेंटियर बनता था। इसके बावजूद ऐसी मुद्रा में बातें करता हैं, मानो यह घर बनाने का इतिहास वह नहीं जानता।

हुँह, जगह की बर्बादी!...संलग्न बाथरूम नहीं है।

उस ज़माने के लोगों को इस बात की जानकारी ही नहीं थी। केतकी का परिवार तो क्या, उनके जैसे तमाम निम्नमध्यवित्त लोगों की कल्पना में भी नहीं था कि चार दशक गुज़रते-न गुज़रते कलकत्ता में जगह के बारे में कितना हिसाबी बन जाना होगा। हाइराइज़ का मतलब है, जगह का सही इस्तेमाल, यह हकीकत वे लोग नहीं जानते थे।

हर इतवार को केतकी अपने पति-पुत्र समेत ट्राम पर सवार होकर सैर-तफरीह को जाती थीं। 'यशोदा भवन', देशप्रिय पार्क के मोड़ पर 'स्वामी मैनसन', टॉलीगंज में 'मोहिनी मैनसन'-बस, यही चंद फ्लैट मकान, उँगलियों पर गिने जा सकते थे। केतकी उन कोठियों को देखकर अवाक् हो उठती थीं। चौरंगी में 'एड्वार्ड कोर्ट' और 'प्रिन्सेस कोर्ट' की तरफ तो वे टकटकी बाँधे, बस देखती रह जाती थीं।

शुभ के पापा सम्मान के लहजे में बताते थे, ''पहले यहाँ गोरे साहब रहते थे। अब बंगाली साहब लोग रहते हैं।''

शुभ तो कहता है, ''वे सब मकान भी मंहज जगह की बर्बादी है। उन कोठियों को तोड़-ताड़कर, अगर वहां हाइराइज़ बिल्डिगें बना दी जाएँ, तो कहीं ज़्यादा लोग वहाँ रह सकते हैं।''

शुभ भूल गया है, सब कुछ भूल गया है।

उस ज़माने में घर के साथ नल-पखना वगैरह कोई नहीं बनवाता था। ये सब रिहायशी मकान से, ज़रा फासले पर बनवाये जाते थे। हाँ, आँगन होता था, जहाँ धुले कपड़े फैलाये जाते थे, जहाँ बड़ी-अचार को धूप दिखाया जाता था।

सच तो यह है कि केतकी जैसे लोगों का ज़माना गुज़र गया है।

''क्या सोच रही हैं?''

केतकी चौंक उठीं।

रुचिरा उनके सामने आकर खड़ी हो गयी। उसके हाथ में एक थाली थी।

''यह क्या है?''

''चलिये, ऊपर चलिये।''

''रुचिरा ने सदर दरवाजा बंद कर दिया।''

''आप इतनी घबड़ायी हुई क्यों हैं? आप लोग तो बहुत कुछ देख चुकी हैं।''

''देख चुकी हूँ, रुचिरा, तभी तो...!''

''हमने ही कुछ नहीं देखा। सन् बयालिस का आन्दोलन! सन् तैंतालिस का अकाल! सन् छियालिस के दंगे! सैंतालिस में बँटवारे के बाद के हालात — कुछ भी नहीं देखा। हम लोगों के लिए ही आज के हालात जानलेवा हैं। आप, प्लीज़ यूँ परेशान न हों।''

ऊपर आकर रुचिरा ने थाली उलट दी। आलू, प्याज, चाय, चीनी, पाउडर दूध, चिड़वा, हरी मिर्च।''

''यह सब क्या है, रुचिरा?''

रुचिरा की आँखों में कोई जवाब नहीं था।

उसनें बेहद स्वाभाविक आवाज़ में कहा, ''घर से लायी हूँ ये चीज़ें। बाज़ार से सारा

सामान ज़्यादा-ज़्यादा लायी थी। कल भी एक बार निकलूंगी।''

''लेकिन...''

''आप अकेली रहती हैं, मौसी, आपकी देखभाल करना क्या मेरा फर्ज़ नहीं है?''

''तुम पर भी तो...''

''और क्या-क्या है, ज़रा देख लूँ!''

''है! सब है!''

''वाह! किरासिन-स्टोव भी रख छोड़ा है। अच्छा है। बहुत अच्छा हैं।''

''आफत-विपद में काम आता है। बीच-बीच में लालेटन भी तो जलाना पड़ता है।''

रुचिरा ने छोटा-सा फिज़ खोला।

''शुभ ने यही एक भला काम किया। गैस और फिज़ दिला दिया। दूध तो मौजूद है। सब्जी भी रखी है। बैंगन, कुम्हड़ा, पालक, मूली-सभी कुछ है। और क्या चाहिए?''

''आलू नहीं था, तुम दे गयीं।''

''आपने सुबह से कुछ खाया है?''

''ना, रुचिए!''

''चलिये, एक प्याली ठंडा दूध ही पी लीजिए। लीजिए। चाय, पाउडर दूध में बना लीजिएगा। खाना पकाने के लिए पानी है? पीने का पानी? ला दूँ?''

''अरे, नहीं, नहीं, मैं ले आऊँगी।''

''मीनू की माँ नहीं आयी?''

''कैसे आएगी बेचारी? उसका घर तो वो...''

''अब आप ही देखें, क्या ग्रेट समझ है। वहाँ मेरी माँ है, बेभाव उछल-कूद मचा रही है, मानो पार्ट-टाइम नौकरानी नहीं आयी, तो दुनिया रसातल में चली जायेगी, जबकि सच यह है कि पार्ट-टाइमर अगर न भी आये, तो भी दिन-रात के लिए नौकर-नौकरानी मौजूद हैं। गौरी' दी खाना पकाती है, रवि कमरे की झाड़-पोंछ करता है, बाज़ार से सौदा-सुलुफ लाता है। अपनी गाड़ी धोने और दफ्तर की साफ-सफाई के लिए उन्हें अलग से पैसे देती हूँ। मीनू की माँ, हमारे यहाँ बर्तन मलती है, कपड़े धोती है और कमरों में पोंछा लगाती है।...''

''तुम्हारा इतना बड़ा मकान भी तो है।''

''अरे, भई, अवस्था देखकर व्यवस्था करना चाहिए। अब गौरी' दी ही बर्तन माँज-धो लेती है। रवि तो किसी काम से हावड़ा गया था, कहीं अटक गया। मैं बार-बार कह रही हूँ, घर के कर्मचारी कम करो। कम करो। मगर माँ नहीं सुनने वाली। इतनी उम्र हुई, कहाँ उन्हें समझदार होना चाहिए। लेकिन मैं तो जैसे माँ के शत्र-पक्ष में हूँ, रात-दिन लड़ाई जारी है, सो, मैं आपके पास चली आयी। लीजिये, दूध पीजिए।''

''पीती हूँ, बिटिया।''

''रसोई चढ़ा दूँ?''

''अरे, नहीं, नहीं, रुचिरा, मैं ही समझ-बूझकर...!''

"रेडियो पर न्यूज़ चल रहा है।"

"तुम सुनो! क्या कहता है रेडियो? हावड़ा की किस जगह की ख़बर है?"

"तेलेनी पाड़ा के बारे में बता रहे हैं।"

रुचिरा ने रेडियो ऑफ कर दिया।

"शाम का बंगला समाचार, टीवी पर जान लीजिएगा। लाइए, बाल्टी दीजिए।"

"ओफ ओ! रुचिरा।"

रुचिरा उनका तनाव और विरक्ति की उपेक्षा करते हुए, नीचे उतर गयी। केतकी ज़मीन पर ही बैठ गयीं।

यह लड़की समझ गयी है। जरूर समझ गयी है।

रुचिरा बाल्टी भर पानी लेकर दनदनाती हुई छत पर चढ़ गयी।

"सीढ़ी पर रख दिया है"

वह और एक बाल्टी पानी ले आयी।

"खाना तो पकाएँगी न?"

वह कलसी लेकर तीसरी बार नीचे उतर गयी।

"नल का ही पानी पीया करें। मैं तो हरदम ही पीती हूँ। कुछ नहीं होता।"

"रुचिरा — !"

"कल रात मैं तीसरे माले पर ही थी, मौसी! जगी हुई थी। सुनिये, मुझसे मत डरें।"

"तीसरे माले में?"

"शबीना घर कैसे जाती? पार्कसर्कस से गुज़रकर, लाइन के उस पार कैसे...?"

रुचिरा और केतकी एक-दूसरे की तरफ अपलक देखती रहीं।

"अब से मैं आपकी देखरेख करूँगी, आप मेरी देखरेख करेंगी। मुहल्ले में तो ननकू और लंका, चंदा उठाकर, बम बाँध रहे हैं। वे लोग बैंडेल के पीछे या कहाँ तो जानेवाले हैं।"

"पुलिस बुला लो न! तुम्हारे यहाँ तो फोन है।"

"पुलिस? इस थाने की पुलिस ननकू और लंका को गिरफ्तार करेगी? उनलोगों का गैंग है न! उसमें गोविन्द पाल भी मौजूद है न? वो पूर्व-एमएलए? वह दौड़ पड़ेगा और उन्हें छुड़ा लाएगा।"

"नागरिक सिमिति...?"

"जब तक नेता लोग 'हाँ' नहीं कहेंगे, नागरिक समिति भला शांति-जुलूस निकालेगी? जिनके सदस्यों को बीजे पी का मुँहजुबानी समर्थन प्राप्त है?"

"ऐसा तो रास्तों पर भी...! आज ननी ने शमी को...?"

"उसकी भी तो अक्ल भ्रष्ट हो गयी है न! अब वह अपने चश्मे की मरम्मत कहाँ करायेगा? चश्मा बिना तो वह अंधा है। उस जैसा अगर पाँच लोग भी मिल जायें, तो...?

"तो तुम क्या करती?"

"मैं? मैं शांति जुलूस निकालती। कुछ कर नहीं पा रही हूँ, इसलिए इतनी..."

"ननकू और लंका?"

"वही तो जाएँगे। घंटातला, कबाड़ी बाज़ार दो बस्तियों में हज़ार-बारह सौ हिन्दू-मुसलमान बसे हुए हैं। मुसलमानों की तादाद ज़्यादा है। इसके अलावा बिहार के हैं... बांगलादेश के भी हैं... किसी को हमदर्दी भी नहीं है। एक बार आग लगाकर, सबको उजाड़ पाये, तो उनलोगों को कितनी-कितनी ज़मीन हाथ लगेगी, जरा सोचिये।"

"तो यह सब ज़मीन के लिए?"

"और नहीं तो क्या? वर्ना तमाम गुंडे-बदमाश, गली-मुहल्लों में सीना फुलाये, मस्तानी करते फिर रहे हैं और पुलिस देखकर भी, अनदेखा कर रही है या नहीं? दंगों में बस्ती की बस्ती उजड़ जाती है और उसी ज़मीन पर बाद में हाइराइज़... गगनचुम्बी इमारतें खड़ी हो जाती हैं।"

"अखबार तो कह रहा है, मिलीटरी आ रही है?"

"हाँ... मिलीटरी!"

"शमी की ख़बर नहीं दी?"

"दफ्तर से उसे दवा लगा दी गयी हैं। मैंने भी उसे खूब-खूब डाँटा और उसे आगाह कर दिया कि ख़बरदार अब बाहर मत निकलना। अब उसे कुछ हो गया तो महा-आफत है। खैर, बात मान ले, तो बेहतर।"

"वह लड़का इतना शरीफ और भला है।"

"कुछ ज्यादा ही शरीफ और भला है।"

"ज़रा शुभम् का हाल-समाचार लोगी, रुचिरा?"

"देखा न, इसे कहते हैं भुलक्कड़। शमो की डांटने-डपटने में बिल्कुल भूल ही गयी। शुभम् को फोन किया था न! उनके वहाँ सब शांत है। वे लोग तो आपके लिए परेशान थे, मैंने बता दिया यहां भी सब शांत है। मैंने यह भी कह दिया कि मैं आपकी पूरी देखभाल कर रही हूँ। यह शुभ ज़रा ज्यादा ही फिक्रचंद नंबर वन है न! कहने लगा, ज़रा देख लेना, भई!"

"चलो, ठीक है। वे लोग राजी-खुशी हैं।"

"हाँ, मौसी।"

"................"

"अच्छा, अब मैं चलती हूँ, मौसी।"

"चल, मैं भी दरवाजा बंद कर लूँ।"

"दरवाजा बंद करके, केतकी सिरकिनी पर ही हाथ रखे कुछेक पल खड़ी रहीं।"

रुचिरा ने अखबार नही देखा।

रुचिरा पानी की बाल्टी ऊपर रख आयी।

रुचिरा सब समझ गयी है। कल रात उसने सारा कुछ देखा है।

केतकी क्या करें? जब स्थिति स्वाभाविक होती है, तो ऐसे में वे क्या करती हैं? खाना पकाना, नहाना-धोना, खाना-पीना, कपड़े धोना, रोजमर्रा के कामकाज आज वे कर पाएगी?

तीन

मन को स्वाभाविकता के घेरे में बाँधे रखना ज़रूरी है। केतकी ने अपने मन को मज़बूत किया। अब वे अपने को ज़रा हल्की-फुल्की महसूस कर रही थीं। चलो, शुभ के इलाके में कोई भय-डर नहीं है।

वैसे शुभ के मुहल्ले में तो हाइराइज़ के बाद हाइराइज़ यानी हाइराइज़ की कतार। समूचे रास्ते में कहीं दुकान-पाट, बाज़ार, बस्ती वगैरह कुछ भी नहीं है। ऐसा कोई इलाका ही नहीं, जहाँ मुसीबत आये। वे लोग ठीकठाक रहें, मज़े में रहें। केतकी भी ठीकठाक ही रहेंगी, कहीं कुछ नहीं होगा। राज्य सरकार ज़रूर कहीं दंगा-फसाद होने नहीं देगी।

उन्होंने हाथ-पाँव दुबारा धो डाले।

काफी मन लगाकर, जतन से उन्होंने भात उबाला। छोटे-से प्रेशरकुकर में मसूर की दाल और आलू भी उबाल लिये। शुभम के बचपन में, उसके लिए खाना पकाना बेहद आसान था। उबली हुई मसूर दाल और घी हो, तो वह और कुछ नहीं माँगता था। इसके साथ अगर कहीं फुलौड़ी तल देतीं, तो उसके लिए महाभोज हो जाता।

उसके पापा इतवार के दिन छेंचकी, सगा की भुजिया, सुक्तो खाना चाहते थे। केतकी जब खुद के लिए भी खाना पकाती हैं, तो दो-तीन तरह की सब्जी ज़रूर पकाती हैं। लेकिन आज वे इतना कुछ नहीं बना पाएंगी।

मुसलमान का छुआ हुआ खाना खाने का मौका। उनके जीवन में कभी नहीं आया। अगर आता, तो वे क्या करतीं? शुभम् तो अपने कॉलेज के दोस्त, सादिक के यहाँ खा-पी आता था। केतकी ने उससे कभी कुछ नहीं कहा।

रसोई समेटते-समेटते उन्हें ख़्याल आया कि असगर को अपने ही थाली-बर्तन में खाना देना होगा। स्थिति ही ऐसी थी। उन्हें यह स्थिति कबूल करना ही होगी। केतकी आखिर क्या करें? ज़िन्दगी में पहली बार उन्हें यह सब सोचना पड़ रहा था।

वे क्या संस्कारमुक्त हैं?

उन्हें नहीं मालूम।

वे क्या संस्कारग्रस्त हैं?

उन्हें नहीं मालूम।

ज़िन्दगी भर, उन्हें इन सब बारे में सोचने की कोई वजह ही सामने नहीं आयी, क्योंकि असगर ने उनके घर में कभी आश्रय नहीं लिया।

उसने इसलिए उनके यहाँ आश्रय नहीं लिया, क्योंकि इससे पहले कभी ऐसी स्थिति नहीं आयी।

ऐसी स्थिति इसलिए नहीं आयी, क्योंकि इससे पहले बाबरी मस्जिद नहीं तोड़ी गयी थी।

इससे पहले बाबरी मस्जिद इसलिए नहीं तोड़ी गयी। क्योंकि हिन्दू कट्टरवादी आशुभ शक्ति, इससे पहले बाबरी मस्जिद को अपना टार्गेट नहीं बना पायी थीं। काफी सारी कोशिश-तदबीर, काफी सारी साजिश, काफी सारे उद्यम को इकट्ठा करके, मस्जिद तोड़ने के जरिये। भारत की धर्मनिरपेक्षता पर ब्राह्मस्त्रि हना गया।

केतकी ऐसी परिस्थिति के लिए तैयार नहीं थीं। ख़ैर, तैयार रहता भी कौन है? उनके घर में असगर, रुचिरा के यहाँ शबीना! हिंस्त्र आक्रोश में हुंकारती हुई ननी की आवाज। शमी का आर्तनाद।

ख़ैर, छोड़ो, जो होना है, होगा। केतकी अपने धर्म के मुताबिक, जो ठीक समझेगी, करती रहेगी।

रुचिरा की माँ ज़रूर भयंकर हल्लागुल्ला मचाएगी। वे तो रुचिरा को ही पाखंडी और अधार्मिक समझती हैं। चूंकि इस बेटी के अलावा उनकी कोई गति नहीं है, इसलिए उसे बर्दाश्त कर लेती हैं।

माँ-बेटी आपस में दोस्त भी तो हो सकती थीं, लेकिन नहीं हुईं। वे रुचिरा के कामकाज में शामिल हो सकती थीं, नहीं हुईं। खून के रिश्ते से दोनों बिल्कुल नजदीकी और सगी हैं, लेकिन व्यावहारिक आचरण में दोनों दो अलग-अलग पर्वतों की इन्सान !

शबीना उनके यहाँ छिपी हुई है, जब उन्हें यह पता चलेगा, तो पता नहीं क्या करेंगी। रुचिरा मुस्लिम बस्ती में काम करती हैं, मुस्लिम सहेलियों के घर खाती-पीती है, शबीना से साथ एक ही रेंकाबी में नाश्ता करती है, इसलिए रुचिरा को वे अपने बेडरूम में घुसने नहीं देती।

जब वे सुहागिन थीं, तो अंग-अंग में गहने पहने, रुपयों की गर्मी दिखाती फिरती थीं। अब विधवा हो जाने के बाद भी स्वभाव तो नहीं बदला। ढेर-ढेर ठाकुर देवता, ढेरों बतकही, इन्हीं सबमें इठलाते फिरना, इस बात का संकेत था कि उनकी दुनिया किसी अतीत में ही ठिठकी रह गयी है।

उन्हें भी आखिर वे क्या कहें? शुभम् और राका की हाइराइज़ के फ्लैट-फ्लैट में नौजवान दम्पतियों के हर कमरे में ठाकुर देवता या गुरु या भजन-कीर्तन की हाइ-फाई!

रुचिरा की माँ तो किसी ज़माने में ब्राह्मण का चरणामृत तक पीती थीं।

केतकी की सास भी ब्राह्मण का चरणामृत लेती थीं। केतकी किस हद तक संस्कारमुक्त हो पायीं? राका, उनकी पुत्रवधू 'दास' थी। उसकी जाति के बारे में केतकी ने कभी खोज-बीन नहीं की। असगर मुसलमान है, इसीलिए आज इतनी सारी बातें मन में उठ रही हैं।

मकदूम अपने निजी गिलास में चाय पीता था।

असगर जब यहाँ कामकाज करता था। उसे किसी दिन पानी या चाय देने की ज़रूरत पड़ी थी?

नहीं, केतकी अब नहीं सोचेंगी, बिल्कुल नहीं सोचेंगी।

उन्होंने बड़े जतन से थाली में भात परोसा और उसे देगची से ढँक दिया। बयुश्किल सीढ़ियाँ चढ़कर ऊपर आयीं।

उन्होंने दरवाजा खोला और भात की थाली ज़मीन पर रख दी।

असगर कुछ बोलने ही जा रहा था कि उन्होंने धीरे से कहा, "दरवाजा मत बंद करना —"

वे फिर नीचे उतरीं और पानी की बाल्टी ले आयीं। नहीं, रुचिरा के घर के तीसरे तल्ले में कोई नहीं था।

कमरे भर में पेशाब की गंध।

"खिड़की का पल्ला खोल दो।"

"बर्तन जूठा करूँ, अम्मा!"

"अब सोचने से क्या फायदा? वह जो तोशक खुला पड़ा है न, उसका फटा-पुराना खोल भी वहीं रखा है। उसीसे पोंछ लेना।"

"साँझ हो जाए, तो एक बार पखाने जाना है —'

'हाँ, शाम हो लेने दो।"

लम्बी साँस फेंककर, केतकी ने अपने अन्दर की वितृष्णा को निकाल फेंका।

"अखबारों का एक बंडल रख जाऊँगी, उसीसे..."

"अभी बाहर नहीं निकल पावेंगे?"

"ना, मिस्त्री, बाज़ार के लिए निकलकर, जो देखा..."

"खूब-खूब मार-काट मची है, अम्मा?"

"नहीं, नहीं, मिस्त्री, ऐसा कुछ नहीं है। लेकिन, बस-वस नहीं चल रही है। रास्ता-घाट बिल्कुल निर्जन है..."

केतकी ने अपने को ही कहते हुए सुना, "जब तक सारी अशान्ति रुक नहीं जाती, मैं तुम्हें कैसे जाने दूँ?"

असगर ने कहा, "अल्लाह ने मुझे अम्मा के पास पहुँचा दिया है। हम तो बहुत सालों से यह भूल ही गये थे कि माँ कैसी होती है। अल्लाह तुम्हारा भला करें, अम्मा।"

"शांत हो, असगर, थिर हो जाओ।"

"देखो, न, अम्मा, जाने कहाँ की मस्जिद, किसको पता था कि मस्जिद है भी या नाहीं, उसे लेकर इतना खुराफात। हम रोज कुआँ खोदकर, रोज पानी पीनेवाले बंदे, रोज कमाते थे, रोज खाते थे, कउन जानता था कि अइसा हंगामा हो जावेगा?"

"नहीं, कोई नहीं जानता था।"

"आपने हमका तो बचा लिया, अम्मा। पता नहीं, मोरे घर में क्या हो रहा होगा, हमें तो यही फिकिर लगी है।"

"खैर, शाम हो लेने दो। कमरे की सफाई-वफाई कर डालो। नीचे हो आना।"

"छाती में बड़ी धुक-धुक मची है, अम्मा, घर जाकर, सबको देख पावेंगे या नहीं।"

"यहाँ तो ऐसा कुछ नहीं हुआ। तुम फिक्र न करो, अच्छा, मैं चलती हूँ, नीचे काफी काम पड़ा है।"

"अम्मा, तुम ज़र्दा-सुर्ती बिल्कुल नहीं खातीं?"

"नहीं तो!"

"हम जइसों की कमबखत आदत पड़ जात है। बीड़ी पीवे की..."

"लेकिन यहाँ बीड़ी मत पीना! घर में आलतू-फालतू सामान भरा पड़ा है... कहीं आग न लग जाए..."

"अइसी नीक कुर्सी आपने फेंक दी है? हम बाद में आकर, इसे ठीक कर जावेंगे।"

"ठीक है, कर देना।"

केतकी बाहर से दरवाजा खींचकर नीचे उतर आयी। असगर कह रहा था, बाद में आऊँगा। यह 'बाद में आना' कभी संभव होगा? ऐसा क्या सच ही होगा कि असगर आँगन में बैठा काम कर रहा हो? मीनू की माँ बर्तन मलते-मलते असगर से मसखरी कर रही होगी? और मौका देखकर रसोई की पीढ़ी भी दूर खिसका लेगी?

केतकी क्या अब कभी पहले की तरह अपनी छात्राओं को पढ़ाने बैठेगी?

उन सबको साथ लेकर क्या वे दुबारा सरस्वती पूजा करेंगी?

जीवन पहले जैसा स्वाभाविक हो पाएगा?

क्या ऐसा दिन फिर कभी आएगा, जब मीनू की माँ कहेगी, "आज रात मीनू को अपने पास ही रहने दो, अम्मा।"

मीनू ज़मीन पर अपना बिस्तर लगाते हुए कहेगी, "ए नानी, अपने बियाह की बातें बताओ न।"

लेकिन, अब शायद यह सब नहीं होगा। अब सब कुछ जैसे उलट-पलट गया है। ननी ने शमी पर एकदम से हाथ ही उठा दिया। आज सुनन्द और कजरी घर पर नहीं हैं, यही गनीमत है। सुनन्द तो खुले आम बीजेपी समर्थक है। 'राम जन्मभूमि' के बारे में हमेशा फिक्रमंद। हमेशा वह बीजेपी की मीटिंग-सभाओं में भी जाता है।

केतकी को सुना-सुनाकर कजरी कहा करती है, "बीजेपी को कितने-कितने मुसलमानों का समर्थन मिलता है, पता है?"

एक दिन तो शमी के साथ कितनी-कितनी बहस छिड़ गयी थी। सुनन्द तर्कों की परवाह नहीं करता। वह तो अंधविश्वास की शक्ति का ही विश्वासी है। शमी इस ज़िद पर अड़ा था कि वह उसे तर्कों के जरिये समझाकर ही रहेगा।

"इतिहास कभी पढ़ी है आपने? इतिहास?"

"तुम कहना क्या चाहते हो? मैंने इतिहास नहीं पढ़ी?"

"अगर पढ़ी होती, तो समझ जाते।"

"क्या समझता? देखो, बीजेपी के बिना, हम छुटपुट कारोबारी तो क्या, छोटे और

मंफोले उद्योगपति लोगों के लिए भी ज़िन्दा रहने की कोई राह नहीं है।''

''क्योंकि बड़े-बड़े उद्योगपतियों के पीछे कांग्रेस है, यही न?''

''बिल्कुल यही बात!''

''इतिहास कहता है, हिटलर के नाज़ीवाद के पहले पक्षधर मँझोले और छोटे उद्योगपति ही थे।''

''तुम बीजेपी को नाज़ी कहते हो?''

''क्या कह रहा हूँ, वह खुद समझ लें। फासिज़्म इसी तरह अपनी जड़ें मज़बूत करता है। बीजेपी या दूसरे-दूसरे कट्टरवादी फासिस्ट स्वभाव-चरित्र में तो एक ही जैसे लगेंगे।''

सुनन्द ने दरवाजा बंद कर दिया।

शमी ने उठकर, करीब आते हुए कहा, ''जा ब्बाबा, तर्कों के तवोज्जोह देते हुए, कोई बात ही नहीं करना चाहता।''

रुचिरा ने कहा, ''तुझे क्या ज़रूरत पड़ी है? इसी तरह, तू हमेशा अपने दुश्मनों की तादाद बढ़ाता रहता है।''

''दोस्तों की तादाद बढ़ाने की मुझे क्या ज़रूरत है? तू है न।''

''फिर मज़ाक। फिर... शमी।''

''देखा न, मौसी, यह तो मुझे बात ही नहीं करने देती —' शमी ने केतकी से शिकायत की।

अचानक, बिजली की कौंध की तरह केतकी को अहसास हुआ, शमी शायद रुचिरा को प्यार करता है।

रुचिरा उस बात के आमने-सामने नहीं होना चाहती। उसके इस ख्याल का सामना नहीं करना चाहती।

ज़िन्दगी इतनी जटिल क्यों है? रुचिरा ज़रा हिम्मत करके शमी से...?

यह सब आलतू-फालतू वे क्या सोचे जा रही हैं? या असगर के लिए अपने घर के दरवाजे खोल देने के बाद उनमें काफी सारे ख़्यालों का सामना करने का ज़ोर आ गया है। जिन बातों के ख्याल तक से उन्हें कँपकँपी छूटती थी, आज उन सोचों से उलझने की हिम्मत आ गयी है उनमें।

इस मुहल्ले में रुचिरा और शमी को तो वे अर्से से देखती आयी हैं। रुचिरा अपने संगठन में कामकाज करती है। साहसी, सरल बुद्धि, कामकाजी लड़की। शमी में दुर्दान्त साहस। ऐसी खूबसूरत आँखों के सहारे वह लोगों से झगड़ पड़ता है, तर्क देकर लोगों की शुभ-बुद्धि वापस लाने की कोशिश करता है। पार्ट-टाइम नौकरानी के बच्चे को रिक्शे में बिठाकर अस्पताल ले जाता है। उसके टूटे हाथ का एक्स-रे कराता है। केतकी के लिए भी कभी-कभी किरासिन ले आया है, उनका ढेरों काम कर देता है।

काश, वे दोनों अगर एक... मुहल्ले के ही तो बच्चे हैं।

केतकी की ज़िन्दगी में घर और मुहल्ला बस। इतने तक ही सीमित है। सुबह-सवेरे वे शिशु-उद्यान में टहलने जाती हैं। काफी इत्मीनान से घूम-घूमकर बाज़ार करती हैं।

जान-पहचान के सब्ज़ीवाले से वे करेला-बैंगन-परवल-मूली-आलू और ठाकुर जी के लिए फूल खरीदती हैं। शाम होते ही लाइब्रेरी के लिए निकल पड़ती हैं।

शमी उनकी जीवन-शैली की तारीफ करता है।

"कैसे खूबसूरत तरीके से जी रही हैं। इससे कितने ही लोग सबक ले सकते हैं। लेकिन, न, सीखने को कोई राजी नहीं होता।"

केतकी ईषत् हँस पड़ी, "कौन, क्या सीखेगा, शमी? लाइब्रेरी जाकर किताबें बदलना?"

"काश, मेरी माँ अगर आपकी तरह..."

"वे तो किताबें खूब-खूब पढ़ती हैं, भइये, तुम्हारे यहाँ कितनी बड़ी लाइब्रेरी मौजूद है।"

"लाइब्रेरी अब कहाँ है? मैं तो ठहरा माँ का कपूत बेटा। सपूत बेटों ने आपस मेंसलाह-मशविरा करके वह लाइब्रेरी बेच डाली। मैंने कितना कहा सारी किताबें 'बांधव पाठागर' को दे दो। दादाजी का नाम अंकित अलमारी होगी...कम से कम उनका सुनाम तो होगा। लेकिन, कौन सुने मेरी बात?"

"हे भगवान! उत्तनी सारी किताबें..."

"उस लाइब्रेरी कमरे में अब पार्टीशन खड़ा कर दिया गया है। दोनों भाइयों के लिए, दो ड्राइंगरूम। दादा जी तो बुद्धू थे न। दो-दो हाइराइज़ खड़ी करने जितनी विशाल जगह पर, आगे-पीछे बाग़ रखकर, एक हक्कानी-सी दो-मंज़िली कोठी बनवा ली — करुणामय आवास!

"अगर मुझे पता होता, तो मैं भी दो-चार किताबें माँग लेती।"

"मैं करीब सौ किताबें लाइब्रेरी में दे आया हूँ। आप वहाँ से ले-लेकर पढ़ा करें।"

"हाँ, किताबें पढ़े बिना..."

अचानक उन्हें याद आया, 'पंचग्राम' किताब अभी तक नहीं लौटायी। ठीक है, वही किताब वे दुबारा पढ़ डालेंगी।

उन्होंने तन-बदन और सिर पर तेल लगाकर इत्मीनान से स्नान किया। बेचारे असगर को कितनी तकलीफ हो रही होगी। तेल-पानी की अभ्यस्त उसकी देह। लेकिन अब क्या उपाय?

जब वे खाना खाने बैठीं, तब उन्हें अहसास हुआ, कि उन्हें कितनी कसकर भूख लगी थी। सरसों के तेल में हरी मिर्च डालकर उबाली गयी मसूर की दाल। वही अमृत।

खाना निपट जाने के बाद, उन्होंने बर्तन भिगो दिये। माँजने की अभी कोई जल्दी नहीं थी। ऐसी हड़कम्प न मची होती, तो वे एक काँथा बनाना शुरू कर देतीं। उनके हाथों की बनी नक्काशीदार काँथा। शुभम् और राका को बेहद प्रिय है। लेकिन अभी तो वे काँथा भी शुरू नहीं कर सकतीं।

पानी पीकर, वे अपने कमरे में आकर लेट गयीं। वैसे उनमें आज भी अनगिनत आदतें हैं। अभी भी वे अपने भीगे बाल धूप मे ही सुखाती हैं। लेकिन आज उन्होंने बाल

नहीं भिगोये। कई-कई बार पढ़ी हुई 'दृष्टिप्रदीप' किताब हाथ में लेकर, जैसे ही उन्होंने तकिये पर सिर रखा, फट् गहरी नींद में गुडुप हो गयीं। इतनी-इतनी नींद कहाँ जगी बैठी थी, कौन जाने?

केतकी की नींद टूटी आवाजों का भयंकर शोर सुनकर। रुचिरा लगातार आवाज़ें दिये जा रही थी और अंधाधुंध दरवाजे का कड़ा खटखटाये जा रही थी। ख़ौफ! भषण ख़ौफ! रुचिरा की आवाज़ में इतनी घबराहट क्यों है? वहाँ क्या घट गया? उन्होंने असगर को पनाह दी है, इसलिए उनके मकान पर कोई हमला करने आ रहा है?

"मौसी! मौसी! ओ मौसी!"

केतकी ने खिड़की से नीचे झाँका। नीचे रुचिरा और शमी खड़े थे।

"क्या बात है, रुचि? यूँ आवाज़ें क्यों दियें जा रही हो?"

गज़ब है ! उनके गले से कोई आवाज़ ही नहीं निकल पायी। वे थर-थर काँपती रहीं, पसीने-पसीने हो आयीं। उन्हें बेतरह घबड़ाहट होने लगी।

"देखा, शमी, मौसी जवाब नहीं दे रही हैं।"

"हो सकता है, सो रही हों।"

"इतनी गहरी नींद? कुछ हो-हवा तो नहीं गया?"

"हाँ, अकेली रहती है... है ना?"

"हाँ! मौ-सी! ओ मौसी।"

"किसी और को आवाज़ दूँ? चहारदीवारी टपककर अन्दर जाऊँ?"

"तू चहारदीवारी पर चढ़ सकेगा?"

"तू कहे, तो कुछ भी कर सकता हूँ। लेकिन मेरे पास चश्मा नहीं है लगता है, नहीं चढ़ पाऊँगा।"

"सौरी, शमी।"

"ये हालात क्या बदलेंगे नहीं? ऐसी अन्धी उत्तेजना?"

"बदलना तो होगा ही!"

"हाँ, इसके लिए कोशिश तो करना होगी।"

"आँख में तकलीफ है, तू बाहर क्यों निकला, शमी?"

"घर में रहा नहीं जा रहा है। तेरे पास क्यों दौड़ा चला आता हूँ, तू नहीं समझती? या समझने से डरती है?"

डरपोक! डरपोक कहीं की।

"तू मुझसे उम्र में छोटा है, शमी!"

"देख, एक ख़ास उम्र के बाद, सारी उम्र एकमेक हो जाती है। यह संकट का समय है, यह तो मानती है न?"

"हाँ, मानती हूँ।"

"यही बिल्कुल सही समय है जब हम ब्याह कर डालें।"

"शमी।"

"मुझे तेरी ज़रूरत है। दिन पर दिन अकेला होता जा रहा हूँ। भयंकर अकेला...!"

"अच्छा?...मौसी आ रही हैं...!"

"केतकी ने दरवाज़ा खोला।"

उन्होंने विरस आवाज़ में पूछा, "ऐसे कोई आवाज़ें देता है भला? क्या बात है? क्या हुआ?"

"देखा न, रुचि, सो रही थी मौसी।"

"शमी, तू चुप करेगा?"

"नहीं, मुझे तेरी कोई बात नहीं सुननी है।"

"तुम यूँ बुला क्यों रही थीं? मैं इस कदर डर गयी...इतनी घबड़ाहट होने लगी..."

"क्या करूँ, मौसी? शुभम् ने फोन किया था। आपको फोन करने को कहा है।"

"क्यों? उनको कुछ हुआ है?"

"नहीं! आप ही के लिए काफी डर गये हैं। मैंने उसे इतना-इतना विश्वास दिलाया कि मौसी बिल्कुल कुशल-मंगल हैं। बिल्कुल ठीकठाक हैं। लेकिन उसकी एक ही रट तुम हो पग्गलराम। तुम्हें ख़तरा मोल लेने का शौक है। तुम्हारी बातों पर मुझे भरोसा नहीं होता।"

"मेरे लिए परेशान है वह? रुक जा, चाबी ले आऊँ। दरवाजे पर ताला चढ़ाकर निकलूँगी न।"

"शमी दालान में बैठा रहेगा।"

"ऐसा कहीं होता है भला? थोड़ी देर में अँधेरा उतर आएगा। शमी के पास चश्मा भी नहीं है... मैं कमरे में बत्ती जलाकर आती हूँ।"

"देर न करें। कर्फ्यू लगने ही वाला है।"

"खैर, कर्फ्यू बगैर ननकू और उसके साथियों की रोकना मुश्किल है। उन्हें जब निकलना होगा, ठीक निकल पड़ेंगे।"

"यह तुम क्या कह रहे हो, शमी?"

"ननकू लोग आज रात घंटातला पर हमला करेंगे। भानु अभी-अभी ख़बर दे गया—"

"शमी तू घर चला जा, प्लीज़।"

"जाता हूँ। घर तो जाना ही है। लेकिन तू भी मस्तानी करने मत निकल पड़ना।"

"तू घर से बाहर न निकलना, शमी! अगर निकलना ही पड़ा, तो..."

"सुन, तू क्या मेरी बीवी है, जो मैं तेरी बात सुनूँ?"

"अब, आप ही कुछ कहें, मौसी।"

"एइ शमी, सीरियस हो जा।"

"इससे ज़्यादा सीरियस मैं नहीं हो सकता। चलता हूँ, होशियार रहना।"

शमी पाँव घिसटता हुआ चला गया।

रुचिरा ने सिर हिलाते हुए कहा, "इस लड़के की फिक्र करते-करते...ऐसा अक्खड़

और ज़िद्दी है कि...?

"रुचिरा, मैं न ही कल शुभ को फोन कर लूँगी। क्यों ऐसा नहीं हो सकता?"

"नहीं, नहीं, मौसी, शुभ हमेशा का फिकिरचंद है! आपके लिए कहीं इतना न डर जाए कि...सीधे लाल बाज़ार पुलिस को न ख़बर दें...?"

"ठीक है, मैं ऊपर से होकर आती हूँ।"

घर-बरामदा सीढ़ी हर कहीं बती जलाकर उन्होंने सीढ़ियों से दो-चार धाप ऊपर चढ़कर कहा—"मैं फोन करने जा रही हूँ। डरने की कोई बात नहीं है।"

ताला-चाबी लेकर, वे नीचे उतर आयीं। दरवाजे पर ताला चढ़ाया।

"अरे, शमी, तुम फिर...?" उन्होंने अचकचाकर पूछा।

"घर लौटकर, मेरा दम घुटने लगता है, मौसी। चला जाऊँगा, कुछ देर में चला जाऊँगा। अच्छा, गुस्से में आकर इन्सान यूँ मनमानी करतूतें करता फिरेगा? यह ननी....कितने सालों से मेरी-उसकी जान-पहचान है। उसी ने मेरा चश्मा तोड़-ताड़कर..."

"सब तेरा कसूर है। सिर्फ तेरा कसूर। अरे, रास्ता-घाट पर कोई यूँ बकबक करता है, भला?"

"जा ब्बाबा। जो लोग फिरकापरस्त हैं, उनसे बातें करने से फायदा? ननी जैसे लोगों को ही समझाना होगा न।"

'बस, हो गया? अब, चलो ! अब मेहरबानी करके, ज़्यादा ज्ञान मत बधारा। कब, कौन, क्या कह बैठे...........'

रुचिरा के घर का तलकक्ष भयंकर रूप से ख़ामोश। मेज़ पर बड़े-बड़े इश्तेहार फैले हुए। उन इश्तेहारों में कुछ-कुछ लिखा हुआ था।

"हिन्दू-मुस्लिम भाई-भाई, हम सबमें एकता समायी। हिन्दू-मुसलमान एक डाल के दो फूल अफवाहों को हवा ने दें, साम्प्रदायिक शांति कायम रखें याद रखें, नफरत और अशांति की आग, जैसे दूसरों का घर जलाती है, वैसे ही आपका घर भी जला सकती है।

"यह सब क्या है, रुचिरा?"

"आजकल यही तो कर रहूँ हूँ, मौसी।"

रुचिरा की आवाज़ में थकान झलक उठी।

"रात भर जाग-जागकर, ऐसे ही छोटे-छोटे सौ पोस्टर बनाने हैं। मंका मेरा हाथ बँटा सकता है, लेकिन वह तो चश्मा तोड़कर बैठा है।"

"तुम कहकर तो देखतीं।"

"यह क्या कोई कहने-सुनने की बात है? बिना कुछ किये, सिर्फ हाथ पर हाथ घरे, क्या बैठा रहा जा सकता है?"

"यह तो बहुत अच्छा काम है, रुचिरा।"

"अच्छा, चलिये, शुभ को फोन कर लें। नम्बर वहीं लिखा रखा है।"

"नम्बर तो ख़ैर, मेरे भी पास है..."

फोन की घंटी बज उठी। किसीने उस तरफ रिसीवर उठाया।

''कौन? कौन बोल रहा है?''

''मैं हूँ - शुभ की माँ।''

''शुभ! कम हीया! कम हीयर! योर माँ।''

''कौन? माँ?''

''हाँ! तुमने फोन किया था?''

करता नहीं? हमारी बिल्डिंग का इन्दर था, जिसने फोन उठाया था। उसने जो हाल बयान किया...मैं तो डी सी ईस्ट से बात करने की कोशिश कर रहा था।''

''क्यों?''

''तुम्हें वहाँ से 'रेस्क्यू' करे......निकालकर लाये या वहाँ पुलिस प्रोटेक्शन दे।''

''लेकिन, कयों?''

''तुम्हारे वहाँ तो...''

''क्या हुआ है?''

''अरे, घंटातला से मुसलमानों ने वहाँ हमला बोल दिया, शीतला मंदिर तोड़-ताड़कर, बाज़ार में आग लगा दी...और तुम कह रही हो कि क्या हुआ है?''

''सुन, शुभ, यहाँ तो कर्फ्यू चल रहा है, तेरे दोसत ने यह सब कहाँ से सुन लिय?''

''उसका हेवी कॉन्टैक्ट है। बड़े-बड़े सम्पर्क हैं।''

''यहाँ कुच्छ भी नहीं हुआ। घंटातला बस्ती, हमारे इलाके से का-फी दूर है।''

''सो व्हाट?''

''कहीं, कोई हमला नहीं हुआ, कोई बाज़ार भी नहीं जला। सच तो यह है कि हमारा बाज़ार, हर दिन सुबह-सुबह खुला रहता है —''

हाँ, रुचिरा ने तो यही कहा —''

''क्यों, तुझे विश्वास नहीं होता?''

''रुचिरा तो क्रैंकी है न। दिमाग़ से खिसकी हुई! वह... उसे तो आफत-विपद में ही मज़ा आता है।''

''शुभ, यह तूने सही नहीं कहा! ग़लत बात की।''

''ख़ैर, छोड़ो! तो वहां कुछ नहीं हुआ?''

'अभी तक तो नहीं! अफवाहों पर कान मत दे।''

''तुम्हारा इलाका जिस थाने के अंदर आता है...''

''भई, इस तरफ कुछ नहीं हुआ। कुच्छ भी नहीं।''

''उफ! चलो, राहत मिली।''

''तुम सब कैसे हो?''

शुभ की आवाज़ धीमी हो आयी, ''हमारा हाइराइज़ तो शत-प्रतिशत ऐंटी-बाबरी और प्रो-राममंदिर है। छः दिसम्बर को खूब पटाखे चलाये। मिठाइयाँ बांटी। उसके बाद, सब ख़ामोश! सरकार ऐसे कड़े कदम उठाएगी, यह किसी ने नहीं सोचा था।''

''शत-प्रतिशत, शुभ?''

"ओ येस!"

"तुम भी...?"

"यह मस्जिद का मामला टू मच है। लेकिन दंगे-फसाद को हमारा सपोर्ट नहीं है। हमलोग कोई अशांति नहीं चाहते। बाकी, जो लोग, जो करते हैं, करते रहें।"

"राका भी...?"

"बे-शक! क्यों?"

"नहीं, बस ऐसे ही...! अच्छा, फोन रखती हूँ।"

"कोई भी...कुछ भी ज़रूरत हो, तो बताना। तुम्हारे लिए..."

"नहीं, मेरी देखभाल तो वे लोग कर ही रहे हैं। अब, अगर कुछ हो भी गया, तो जो सबके साथ होगा, वह मेरे साथ भी होगा। तुम अब फिक्र न किया करो! हाँ, रुचिरा के यहाँ फोन भी मत करना। घर में किरायेदार भी नहीं हैं, मुझे घर बंद करके आना पड़ता है। ज़रूरत हुई, तो...?"

"कम से कम तुम तो फोन कर लिया करो।"

-'करूँगी! बच्चों को हाल-समाचार मिला?"

"वे लोग राजी-खुशी हैं।"

"चलो, अच्छा है।"

केतकी ने फोन रख दिया। इतनी ही देर में वे पसीने से नहा उठी थीं। वह धम्म् से बैठ गयीं।

"मुसलमानों ने हमला कर दिया है, बाज़ार जल रहा है, शीतला-मंदिर तोड़ डाला गया है...अफवाहें भी कितनी सर्वनाशी होती हैं, बताओ।"

रुचिरा और शमी ख़ामोश।

"रुचिरा, थोड़े-से छोटे-छोटे कागज हमें भी पकड़ाओ न!"

"क्या करेंगी?"

"लाल रंग आपको कहाँ मिलेगा?"

"लाल स्याही है न? तूली मैं बना लूँगी।"

"मौसी जी ग्रेट हैं —" शमी चहक उठा।

मुझे मालूम था। चलिए, आपको घर छोड़ आऊँ। अब रात का खाना पकाएँगी?"

"दो-दो बार कौन पकाने जाए? जो पड़ा है, वही गर्म कर लूँगी।"

"चलिये! शमी तुम भी निकलो। धीरे-धीरे जाना! टॉर्च ले जाओ।"

रुचिरा केतकी के साथ, उनके यहाँ दूसरी मंज़िल पर चली आयीं।

"शमी मुझसे विवाह करना चाहता है, मौसी, आप सोच सकती हैं?"

"तो कर लो न!"

"मैं शयद कोई स्थायी इन्सानी रिश्ता कायम नहीं कर पाऊँगी, मौसी।"

"तुम कोशिश तो कर देखो।"

"वह मुझसे उम्र में काफी छोटा है।"

"आजकल यह सब कौन मानता है? लड़का भला है। बेहद शरीफ है।"

"आप भी तो काफी भली हैं।"

तू भी न...! क्या बात करती है?"

"अच्छा, मैं चलती हूँ, मौसी! कर्फ्यू के बाद, पुलिस की गाड़ी तो सड़कों पर गश्त लगाती ही रहती है। अभी आपको भी ढेरों काम है। तबीयत तो ठीक है न?"

"हाँ, ठीक है।"

"दरवाजा अन्दर से बंद कर लें और ताला भी लगा लें।"

"तुम भी अब घर से बाहर मत निकलना।"

"नहीं निकलूँगी।"

"तुम्हारी माँ, तीसरे माले पर तो नहीं आएँगी?"

"माँ, अभी अपनी दूसरी मंजिल के दुर्ग में घुसी बैठी है। कल सुबह से पहले, उनकी तरफ से कोई सुन-गुन, आहट नहीं मिलेगी। आज वह खीर, पूरी और चीनी खाने में मगन हैं, जबकि ब्लड-शुगर की रोगी हैं।"

"सर्वनाश!"

"दोनों वक्त उन्हें इन्सुलिन लगाती हूँ, तब भी...! अच्छा, चलती हूँ।"

रुचिरा चली गयी। केतकी तीसरी मंज़िल पर आ पहुँची।

"मिस्त्री! आ जाओ।"

"कहाँ जाऊँ, अम्मा?"

"आओ, नीचे आ जाओ। पानी गरम कर देती हूँ। हाथ-पैर धो डालो या नहा लो। यहाँ बैठकर खा लेना। तुम्हारे कमरे में कागज और कूड़ा-कबाड़ बटोरकर, चारदीवारी के बाहर फेंक दो।"

"अगर कोई देख ले?"

"वहाँ सभी लोग कूड़ा-कर्कट फेंकते हैं।"

"अम्मा, हावड़ा-चांदपाड़ा की कोई खबर रेडियो में कोई बोला?"

"नहीं, तेलिनीपाड़ा या जाने कहाँ के बारे मे बताया—"

"वहाँ तो कोई आन जगह है!"

"जाओ, कमरा साफ कर लो।"

"मोका शरण देकर आपने..."

"जाओ, जाओ, मिस्त्री—"

"नहावेंगे नहीं, अम्मा, हाथ-मुँह धो लेवेंगे।"

"कहीं हरारत तो नहीं लग रही? बुखार-वुखार...?"

"कमरा बंद पड़ा था न! बहुत ठंडा है ! दरार-फांक से हवा भी लागत रही।"

"आज एक कम्बल दे दूँगी। देखना, उसी कमरे में छोटी-सी तोशक भी है और हाँ, परवाना होकर, हाथ-मुँह धोने के बाद, एक बाल्टी पानी भी ऊपर लेते जाना।"

"गरम पानी नाहीं चाहिए, अम्मा। देख गरम पानी देवे को कउन बैठा है। पोखर के

पानी से ही काम होत है। या अल्लाह, यह कइसी मुसीबत में डाल दिये? घर में उनके पास पइसे भी नाहीं हैं।''

''परेशान मत हो! जाओ, काम कर डालो।''

असगर बाल्टी लेकर ऊपर चला गया। मैले कागज और फटे-चीथड़े की पोटली लेकर, वह नीचे आ पहुँचा। वह पहले माले पर चला गया। वहाँ से थाली-गिलास लेकर, उन्हें माँजने के लिए वह नीचे उतर गया।

''तुम्हारा सब धोना-पोंछना निपट गया, अम्मा?''

''हाँ, निपट गया तुम फिक्र न करो।''

''भात थोड़ा-सा कम कर लो, अम्मा, और चुटकी भर नून रख दो ! तुम नाहीं खाओगी?''

''तुम जाकर, जरा सो लो! बीड़ी हो, तो कमरे में ही पी लेना! अब कोई डर-भय नहीं है।''

असगर भात सानकर बैठा रहा।

''किस सोच में डूबे हो?''

असगर एकदम से रो पड़ा।

''अल्लाह ने दिया, तो खाना नसीब भया। घर में तो कुछ भी नाहीं है, अम्मा! बेटा रुपैया लेकर गया है, अगर घर तक पहुँचा होगा, तो सबको अहार जुटेगा, नहीं तो...''

''घर में कौन-कौन है?''

''बड़का तो हल्दिया में है। यह मँझला है। उन सबन की मैया है। बारहों महीने बुखार-ताप में भोगत रहत है। बारह साल की बिटिया है, वही सब करती है। बाकी दूनो बिटिया अभी छोटी हैं।''

''ज़मीन-जमा कुछ नहीं है?''

''बाँस के एक झाड़ में पाँच आना हिस्सा है और हिस्से में ही एक पोखर है। बरस में तीन सौ रुपया हिस्सा पाता हूँ। सब अपने-अपने खाने के लिए मछरी पकड़ते हैं। लेकिन चावल-तेल-नून सब कुछ हमारे रोजगार पर ही...''

''चिन्ता न करो! चलो, खा लो!''

''जदी हम जानते की अइसा कांड होगा, तो पहिले ही चले जाते।''

''इस बारे में तो किसी की भी पहले से अन्दाज़ा नहीं था, मिस्त्री!''

''अब भले-भले घर लउट जायें, तो...। हम तुम्हारे तिसरे माले के घर के दरवज्जे-खिड़की ठीक-ठीक कर जावेंगे। यह सब सिटकिनी भी बदल देवों। बहुत बरसों से घर की परम्मत ना भयी...,

''नहीं! अब कौन करने वाला बैठा है?''

''बड़ा सख़्त गंथनी है, अम्मा! काठ भी बहुत मज़बूत है। ज़रा मरझत करा लें, तो दस बरिस और...''

''तुम्हें और थोड़ा-सा भात दूँ?''

"नहीं, अम्मा, बहुत खा लिया।"

असगर ने जूठी जगह भीगे कपड़े से पोंछ डाला और थाली भी धो लाया।

केतकी ने उसे एक पुराना कम्बल और ठोंगा भर चिड़वा-मुरमुरे और बताशे थमा दिये।

"सवेरे भूख लगे, तो खा लेना।"

"बइठे-बइठे ठूँस रहा हूँ। जदी थोड़ा-बहुत काम कर देता, तो मन को शांति मिलती। हम जदी पानी भरकर लै आवें, तो तुम तो नहीं लोगी, अम्मा। ला दूँ? मोरी फूटी तकदीर की वजह से सारा कुछ तो 'भरभस्ट' हो गवा।"

केतकी ख़ामोश! वह जैसे अपने को टटोलती रही।

"ई घर...जब बाबू साहब थे...मकदूय ही बनावा था। वह हमारा मामा था, अम्मा! ई मुहल्ले में वह हम लोगन के मर्ती करा गवा।"

मकदूय के बनाये हुए घर में वे रहती थीं। गृहप्रवेश के दिन जो पूजा हुई थी, उससे क्या छूतछात का दोष मिट जाता है?

केतकी अभी भी ऐसी किसी भयंकर मुसीबत में नहीं पड़ी कि वह अपने से ये सारे सवाल करतीं।

छुआछूत! असगर पहली रात उनके सोने के कमरे के बगलवाले कमरे में ही था।

उसके बाद, सीढ़ियाँ चढ़कर ऊपर चला गया। तब से छत के कमरे में रहता है ! वह सीढ़ियां उतरकर नीचे आता है, नल-पखाना, थाली-गिलास-बाल्टी क्या नहीं छूता?

'मुसलमान' के नाम पर उनकी नसों में कड़वाहट क्यों नहीं भर जाती? असल में, उनके मुहल्ले में जो लोग ठेके पर काम करते हैं, सबके सब क्या हिन्दू हैं? इसीलिए मुसलमानों को अपने घर-द्वार के अन्दर घुसने देने का सवाल ही नहीं उठता था। अब तो सारा कुछ छू-छा गया। लेकिन मन ने तो कुछ नहीं कहा? कोई धिक्कार नहीं भेजा?

"अम्मा!"

"केतकी ने अपने कानों से सुना, उन्होंने कहा, "पीने का पानी तो है, मिस्त्री! तुम अगर दोनों बाल्टी भर दो, तो मुझे दुबारा नीचे न जाना पड़े।"

उन्होंने अपने मन को समझाया बाद में न हो, अब शुद्ध कर लूंगी।

असगर एक ही बार में दो बाल्टी पानी भर लाया।

"घर की समझ आवत है, ओकी बीढ़ी देखकर! ई घर की सीढ़ी इतनी अच्छी है कि चढ़ने-उतरने में कउनो तकलीफ नाहीं होत है।"

"पानी यहाँ रख दो, मिस्त्री!"

"अच्छा! अब मैं जाऊँ, अम्मा?"

"जाओ! हाँ, देखो, यहां अलाँ-फलाँ आ सकते हैं, तरह-तरह की बातें बन सकती हैं, लेकिन, तुम...?

"नहीं, नहीं, हम बिल्कुल गूंगा बना रहूँगा।"

असगर उठ खड़ा हुआ। उसकी क्या उम्र होगी? पचास? बावन? बदन पर फतुआ,

लुंगी, पैरों में रबड़ की चप्पल, कंधे पर अस्तर का झोला...इस हुलिया में वे उसे जाने कब से देखती आयी थीं। बातचीत में ख़ासा जोश ! बेटा हो या भाई, सबसे भरपूर आत्मविश्वास के साथ बातें करता हुआ !

मगर इस वक्त उसकी आँखों में डरी-डरी सी विनती, मूढ़ विस्मय! अपने अस्तित्व के लिए बेभाव क्षमाप्रार्थी!

केतकी ने एक लम्बी असाँस भरी!

बाबरी मस्जिद कहाँ है?

कहाँ है राम-मंदिर?

वे खुद, रुचिरा, मंका, असगर, उनकी छात्राएं-इन सबका जीवन इसी तरह राहुग्रस्त रहेगा?

केतकी ने अपना मन कड़ा किया और अपने लिए खाना परोसा। चिरकाल से, सालोंसाल से वे अकेली ही रहती आयी हैं, अकेली ही खाना खाती रही हैं। हाँ, मीनू की माँ अपना कामकाज निपटाकर, मुट्ठी भर खाना खा लेती है। शाम को मीनू, चंपा, रूमी, बेबी, डालिया और उनकी अन्यान्य छात्राएँ मुरमुरे खाती हैं। कभी कभार उन लोगों के लिए वे पापड़ भी तल देती हैं। केतकी के घर में होनेवाली पूजा भी तो उन्हीं लोगों की पूजा है।

बहरहाल, केतकी अपने खाने और अपनी सेहत के बारे में कभी लापरवाही नहीं करती थी।

उन्होंने चटपट खाना खत्म किया। बाद में वे सब चीजों पर गंगाजल छिड़क लेंगी।

गंगाजल! शुभ के पापा के निधन के बाद, वे आदिगंगा का जल अपने माथे पर कभी छिड़क ही नहीं पायीं। वहाँ पशुओं के मल, शव, शहर भर के कूड़ा-कर्कट से भरा ऐसा विषाक्त जल कि उल्टियाँ होने लगें। इसलिए उस बार वे बाबूघाट गयी थीं।

ख़ैर, वे अगर गंगोत्री या गोमुख का जल भी छिड़ककर क्या शुद्ध हो सकती हैं? जबकि शुभ और राका...

बर्तन वगैरह धोकर, उन्होंने यथास्थान रख दिया। मीनू की माँ जब आयेगी। वह तो वह सब दुबारा माँजने बैठ जाएगी।

वह बड़बड़ाती भी जाएगी, "छिः छिः छिः सारा बासन कैसा चिट्-चिट् कर रहा है... जरूर साबुन कोरकर धर दिया होगा? लाओ, लाओ, सब फिर से माँज-धो लावें।

मीनू की माँ को अपने कामकाज के बारे में ख़ासा गर्व है।

"बासन की सूरत देखते ही समझ में आ जावेगा कि किन्ने मांजा-धोया है। अरो, कपड़ा देखकर समझ जाएँगे कि किन्ने धोया है। टीवी पर वो दिखावत है, न कपड़ा लत्ता किस चीज से धोती हो, बहू? यह तो झकाझक चमक रहा है, जी।"

मीनू की माँ के जब भी उसके पति का जिक्र छिड़ता है, वह तमककर जवाब देती है, "अरे, झाड़ू मारूँ अइसे मरद के मुँह पर। रिस्का चलाकर जो भी कमाई करत है, सब गांजे में उड़ाय देत है, मरदूद।"

उसके सामने जब बेटे का जिक्र छेड़ो, वह फट् मुँह बिचका देती है, "आप हो बाप, एक तो वह कल-मिस्तिरी, वह भी ठेकेदारी का काम! उस पर से सुनी हैं कि अब ऊ ईहाँ-ऊहाँ सैलो पंप बइठावत है। लेकिन है वो पक्का बीवी का गुलाम। सास अप्पन हो गयी, माँ परायी। अब टीवी आवा है; बहुरिया इस्टोप (स्टोव) पर राँधती है; सायकिल पर घूमत-फिरत है! अउर माँ? माँ को पूछत है? हुँहः जइसा बाप, वइसा बेटा!"

कभी-कभी उसकी बेटी का भी जिक्र छिड़ जाता है।

इस बारे में भी वह सीधा-सपाट जवाब दे डालती है, "अरे, ओका बियाह करते ही, ऊ भी उड़ जावेगी। नयी डार पर घोंसला बनाय लेगी।"

केतकी ने कहा, "वह पढ़ रही है। पढ़ाई में अच्छी है। अभी ही उसका विवाह मत करना। उसे और सचानी होने दो।"

"पढ़कर का नउकरी करेगी?"

"तुम देखो तो सही!"

बियाह कितने दिन रोके रहूँगी? जितने दिन बियाह नाहीं होता। पढ़ती रहे। उसके बाद बियाह!"

"चाहे जो भी करो, अच्छी तरह खोज-ख़बर लेकर करना।"

मीनू की माँ ने सिर हिलाया।

"अरे, लक्की की बेरी खोज-ख़बर नाहीं लिया था? पू-रा खोज किये थी। ओका घर-दुआर देखा, लेकिन ऊ मरदूर कहीं एक ठो बहुरिया लुकायकर रखा है, यह भला जान पायी? इसके उप्पर भी, लक्की सौतिन के साथ रहे को अ-राजी नाहीं थी। ऊ तो इस पर भी राजी हुइ गयी। लेकिन, देखो, दुल्हा और सौतिन-दुनो मिलकर ओका पानी में डुबायकर मार डाले। हमको कइसे पता चलता?"

"तुमने थाना-पुलिस नहीं किया?"

"थाना पुलिस करती भी, तो का फैदा होता? क्या हो जाता? बसीरहाट जाकर हम थाना-पुलिस कर पाती? जहाँ ओका बाप ही टस से मस नाहीं भया।"

"तुम्हारी दूसरी बेटी, सीता तो मजे में है न?"

"हा दूनो परानी, हड्डी-तोड़ मेहनत-मजूरी करके, दू जून की रोटी कमावत हैं। ठीकै हैं।"

"मीनू तो ख़ैर, अभी छोटी है।"

"शादी-बियाह तो तकदीर की बात है, माँ। बेटी की किस्मत जदी अच्छी भयी, तो बियाह भी अच्छा हुई है। अभी तो जो हाल है, उसमें तो गांव-गिराम में भी शान्ति नाहीं है। आजकल के लड़के, अपनी ब्याहता को खदेड़कर, दुसरा बियाह कर लेत हैं; इतना-इतना हाँकते रहत हैं और लड़की अइसी-वैसी भयी, तो दुलहा को छोड़कर दुबार बियाह के पाटे पर बडठ जाती हैं। अब, देखौ, पीतल की कलसी निकलत है या सोने की। पहिले से कोऊ बता सकत है?"

लेकिन मीनू की माँ, बेटी को पढ़ाने देने के मामले में अतिशय उत्लाही थी।

"पढ़ती है, तो पढ़ने दो न। हम कुछ जानती नहीं थी इसीलिए तो मीनू का बप्पा, मोरे घर का सर-समान बन्धक देकर, कहत रहा-दस रुपइय्ये मिला, जी। सच्ची हमका कुछ मालूम नाहीं था। अगर जानती, तो पोस्टआफिस में खाता न कर लेती? अब? मीनू अउर मोरा-दूनो के नाम 'जोइन' ख़ाता है, बैंक में रुची दीदी ही कराय दी।"

रुचिरा की बुद्धि की वजह से, बैंक में मीनू की माँ का ख़ाता खुला। सविता की तो हिम्मत ही नहीं पड़ी।

"हम जो कमाती हैं, ऊ मउगा, हाथ मरोड़कर छीन ले जात है, माँ कउन साहस से खाता खोलूँ? अपनी कमाई के रुपइय्ये, भतार से भीख माँग-माँगकर लेना पड़त है।"

मीनू की माँ ने कहा, "ऐसे भतार के मुँह पर पत्थर मारूँ।"

"गीता भी तो अपने बाप को देती है।"

"गीता का कोई अलग से पगार थोड़े है। ऊ तो हमरे साथ ही काम करत है।"

केतकी ने उस प्रसंग पर वहीं विराम खींचते हुए कहा, "चलो, चलो, जल्दी से अ-आ पूरा करो, भई। पढ़ाई, न लिखाई पे लात, सिर्फ बड़ी-बड़ी बात।"

गीता दो घरों में काम करके, कुल डेढ़ सौ रुपये कमाती थी और जो कुछ वह पाती थी, सब जमा करती जाती थी। वह मुहल्ले के ही इस्त्रीवाले, राजीव से इश्क भी करती थी।

उस लड़के को उसने धमका रखा है, "देखो, अपना बियाह हम खुद करूँगी।"

"तेरा बाद अगर मुझे...?"

"वह तो अगर तुम पिद्दी बने, उसके लात-जूते खाते रहो, तो हम क्या करें? वह हमको कुछ बोले न। है उसमें हिम्मत? अरे, आलू बेचकर जो कमाई करता है, सब तो उस छमकछल्लो को थमा देता है, उसको लेकर 'पूजा' देखने जाता है। हम अपना रुपया उसको दूँगी? उसकी बात हम सुनूँगी?"

मीनू ने कहा, "अरे, दादी, वो फिलिम आया था न। रेखा कैसी मर्दमार बनकर, मरद लोगन को काट-पीट रही थी? गीता भी आजकल रेखा बन गयी है।"

ये सब औरतें ही केतकी की संगी साथिन थी। सब अपनी-अपनी राय जाहिर करती हैं।

पिछले दिनों केतकी ने उन लोगों को रूप कुँवरी की कहानी सुनायी।

कहानी सुनकर गीता ने कहा, "अरे, घत् बहुरिया मर जावे, तो भतार जलकर 'सत्ती' होता है? तब भतार टें बोल जाए, तो बहुरिया को पकड़कर जला देवेंगे? काहे?"

जमुना उन लोगों से उम्र में कुछ बड़ी थी। विवाह के बाद, उसने अपने पति को छोड़ दिया और किसी दूसरे मर्द से विवाह कर लिया।

इन लोगों ने अपनी-अपनी राय जाहिर करते हुए कहा, "अच्छा किया। बहुत अच्छा किया। रोग-बीमारी छिपाकर बियाह किया उस मरदूद ने, उसका घर वह काहे बसाये? अभी-अभी होश में रहत है, फट् से बेहोश। ई मिरगी रोग नाहीं है?"

हाँ, केतकी को इनका संग-साथ बेहद, बे-हद भला लगता है। यही सब छोटे-छोटे मग्न

के अहसास के साथ ही तो वे जी रही हैं।

वे उन औरतों को सिलाई-बुनाई सिखाती हैं, उन्हें अखबार पढ़कर सुनाती हैं, उन सबके लिए, उनके घर के दरवाजे, हमेशा खुले रहते हैं।

वे अपने कमरे में चली आयीं।

सफेद कागज, लाल स्याही, झाड़ू के तिनके में थोड़ी-सी रुई लपेट लें, तो तूली नहीं बन जाएगी?

लेकिन, वे लिखें क्या?

केतकी ज़मीन पर ही धम्म् से बैठ गयीं। वाकई, यह भी काम जैसा काम है। युग-युगान्तरों के पार से तैरकर आते हुए यादों के बादलों ने जैसे उन्हें लपेट लिया।

सन् छियालिस के बाद से साम्प्रदायिक सौहार्द की लम्बी-लम्बी जुलूस! उस ज़माने में, कलकत्ते का चेहरा बिल्कुल और तरह का था। उन दिनों केतकी भी जवान थीं।

उस ज़माने के गीत! साम्प्रदायिक-प्रीति का संदेश!

भाई-भाई के खून से रंगो मत, जन्मभूमि की माटी

देशमाता रोवे, करे हाहाकार, दुःख से फटे छाती!

केतकी को और एक गीत याद आया —

राम-रहीम जुदा न करो

दिल को रखो सच्चा जी।

केतकी ने लिखना शुरू किया। लिखते-लिखते, रात कितनी ढल गयी, इसका उन्हें खुद भी होश नहीं रहा। वे अपने में जैसे गुम हो गयीं। आशंकाओं से अत-विभत उनके मन पर जैसे ठंडा प्रलेप पड़ा हो, जैसे कोई उनके मन को हौले-हौले सहला रहा हो।

अचानक बम के धमाके। एक के बाद एक अनगिनत धमाके। समवेत शोर! अनगिनत आवाजों का आर्तनाद!

ये आवाज़ें किस तरफ से आ रही हैं? किस दिशा से?

केतकी एकदम से चौंक उठीं। तो क्या शुभ की अफवाह ही सच है?

उन्होंने खिड़की से बाहर झाँका, चीखकर आवाज़ दी, "रुचिरा! रुचिरा! थाने में फोन करो! जल्दी!"

घर-घर की बत्तियां जल उठीं।

रुचिरा की आवाज़ उनके कानों से टकरायी, "घंटातला बस्ती में आग लगा दी है। मैं फोन करती हूँ।"

"घंटातला की बस्ती?"

केतकी सीढ़ियाँ चढ़कर, छत पर चली आयी, हाँ, पूरब के आसमान में आग लगी हुई थी। आग! आग!! आग!!!

"लेकिन, वहाँ तो..."

"सबके सब मुसलमान हैं, अम्मा! यही कोई चालिस घर हिन्दू होवेंगे।"

"असगर!"

''छत पर हम नाहीं निकले, अम्मा, कमरा में दीवार से सटे-सटे, हम बाहर देखत रहे।''

नीचे किसी ने दरवाजा खटखटाया!

''मौसी! मौसी! मौसी जी!!!''

''शमी? मैं नीचे जाती हूँ, असगर! तुम कमरे में जाओ, कमरा अन्दर से बंद कर लो।''

''कउन आया है? कमला दा का भाई?''

''हा, मिस्त्री, तुम अन्दर जाओ।''

''आप हमका पकड़ा देवेंगी, अम्मा?''

''ना! ना! ना! तुम्हारे पैर पड़ती हूँ, तुम कमरे में जाओ''

''मौसी-! नीचे से फिर आवाज़ आयी।''

केतकी धड़कते दिल और तेज़ कदमों से नीचे उतरी। क्या हो गया? शमी आवाजें क्यों दिये जा रहा है?

दरवाजा खोलते ही शमी लगभग हुड़मुड़ाकर सामने आ गिरा। सिर फट गया था, धार-धार खून बहता हुआ। हाथ में चश्मे का फेम। वह भी हाथ से छूटकर गिर पड़ा।

शमी एकबारगी बेहोश हो गया।

उसे बमुश्किल खींचकर, केतकी ने कमरे के अन्दर कर लिया। उनकी छाती तरह धड़क उठी।

उन्होंने खट् से दरवाज़ा बंद कर लिया।

''शमी! शमी!!''

''मौसी..........''

''क्या हुआ है, शमी?''

''बोचा ने ईंट मारी!''

''अब मैं क्या करूँ, भगवन?''

''थोड़ा-सा पानी।''

''खून तो धार-धार बहे जा रहा है। भयंकर तौर पर खून झर रहा है।''

केतकी उसे दो-एक कदम और अन्दर खींच लायीं और इतने से ही बुरी तरह हाँफने लगीं।

''तुम्हारे घर जाकर, किसी को बुला लाऊँ?''

''ना --''

''ना क्यों? तुम्हारे भाई हैं, टेलीफोन है...''

''घर में? ... घर में ... सिर्फ माँ है।''

शमी बेहोश हो गया।

अब केतकी क्या करें?

खड़ी-खड़ी देखती रहें?

"आप जरा हट जायें, अम्मा!"

"अरे, मिस्त्री, तुम?"

"छत पर से हमने देखा, हाथ से माथा दबाये-दबाये ये गिरते-पड़ते, ठोकर खाते-खाते दौड़ रहे थे और चिल्ला रहे थे ना, बोचा, ना!"

"अब क्या होगा, मिस्त्री?"

"इनको वरंडे में लै जाता हूँ, माथे पर ज़रा पानी डालूँ! ई मानस को तो चश्मा बिना, बिल्कुल दिखायी नहीं देता।"

असगर ने उसे बाँहों में उठाकर, बरामदे में लाकर लिटा दिया।

"जाओ, पानी ले आओ-" केतकी ने कहा।

पानी उँड़ेलते-उँड़ेलते ही शमी सुगबुगा उठा।

"थाना......" वह बुदबुदाया।

"क्या....? क्या कहना चाहते हो?"

"नइ लोग चले गये हैं...बोचा लोग जा रहे हैं... घंटातला की तरफ...! वे लोग..."

"तुम इसके सिर पर पानी उँड़ेलते रहो, मिस्त्री। नहीं, नहीं, मैं खिड़की से रुचिरा को आवाज़ देती हूँ। तुम...तुम... सीढ़ी के नीचे छिप जाओ।"

"दरवज्जा खुला भया है।"

"हाँ...मैं उसे बुलाती हूँ..."

केतकी ऊपर के माले पर चली आयी।

उन्होंने आर्त हाहाकार के लहजे में आवाज़ दी, "रुचिरा! रुचिरा!"

गली के नुक्कड़ से रणजय ने आवाज़ देकर पूछा, क्या हुआ है, मौसी?"

"रणजय, शमी को किसने तो मारा-पीटा है। तुम एक बार प्रदीप डॉक्टर को आने के लिए फोन कर दोगे?"

"नहीं, वे नहीं करेंगे!" "रणजय की बीवी की भड़कती हुई आवाज़ सुनायी पड़ी, 'खिड़की बंद कर दी! कर्फ्यू लगी है न?"

खिड़की बंद हो गयी।

'रुचिरा!—"

"आयी!"

केतकी फर्श पर ही बैठ गयीं।

रुचिरा भागकर ऊपर आ पहुंची।

"साफ कपड़ा दीजिए? फिज़ में बर्फ है? ठंडा पानी?"

"मेरी भीगी साड़ी ले लो! नहीं, इस मौसम में बर्फ या ठंडा पानी कोई नहीं..."

"सई है? कोई दवा वगैरह?"

"वो लाल रंग की दवा है..."

"नीचे का दरवाजा बंद है?"

"हाँ, कोई नहीं है "

वे लोग नीचे उतर आयीं। नाटक का यह कौन सा दृश्य चल रहा था? कमरे में बत्ती जल रही थी। लाल रंग की सीमेंट की फर्श पर, बुश्र्ट और जीन्स की पैंट में शमी निश्चल लेटा हुआ था।

''तुम ऊपर जाओ, मिस्त्री!''

''असगर आगे बढ़ आया।''

उसने आहिस्ते से कहा, ''माथे के नीचे सहारा देकर, इनको ज़रा पीछे लै आऊँ। ऊँहा तो पानी ही पानी हो गवा है।''

''मौसी, कोई और...कुल ले आयें।''

केतकी एक और कपड़ा ले आयी। उसे बिछाकर, शमी को उस पर लिटाया गया। रुचिरा ने शमी के माथे के ज़ख्म पर कई रखकर, केतकी की साड़ी फाड़ी और बैंडेज बाँध दिया।

बैंडेज बाँधते-बाँधते ही उसने कहा, ''अब तुम ऊपर जाओ, मिस्त्री ! मैं कोई डॉक्टर ले आऊँ या फोन करके एम्बुलेंस बुलवा लूँगी।''

''रुचिरा...इसको...बोचा ने मारा है। यह कह रहा था थाने में...ख़बर कर दो...! ननकू लोग घंटातला...''

''थाने में? थाने में क्या मैंने फोन नहीं किया?''

''क्या कहा उन्होंने?''

''जब से आग की लपटें देखीं, तब से फोन ही तो किये जा रही हूं।'' रुचिरा ने सिर झटककर कहा, ''थाने में कोई पुलिस नहीं है। सबके सब बाहर निकल गये हैं।''

असगर ईषत् हँस पड़ा, ''दरकार के समय पुलिस कभी नाहीं होती है।''

''तुम ऊपर जाओ, मिस्त्री।''

''कमसिन-सा बच्चा...चश्मे बिना, बिचारा कुछ देख नहीं पाता...?''

''कहा न, तुम ऊपर जाओ, मिस्त्री। बाकी सब मैं देख रही हूँ। मौसी...।''

''मुझे कुछ नहीं होगा, रुचिरा, तुम जाओ—''

''सायरन बज रहा है न? चलती हूँ, सड़क पर निकलकर पुलिस या दमकल...कुछ तो मिलेगा।''

''यह सायरन नहीं है। आवाज़ तो रूक गयी।'' केतकी ने थकी-थकी आवाज़ में कहा, ''जाओ, प्रदीप को बुला लाओ। और देर मत करो।''

रुचिरा बाहर निकल गयी। असगर सिर हिलाता हुआ ऊपर, छत पर चला आया। आँगन का दरवाज़ा खुला पड़ा था।

केतकी शमी के हाथ-मुँह पर भींगा गमछा फेरती रहीं। अभागा। कम नसीब बच्चा। क्या ज़रूरत थी? बदन में ताकत कम। आँखें इतनी ख़राब! उसमें चश्मा ही...

रुचिरा ने उसे कितना-कितना समझाया, ''प्लास्टिक लेंस करा लो—''

''ठीक है, इस बार ले लूँगा।''

प्लास्टिक लेंस का बहोत दाम होता है। केतकी को यह बात मालूम थी, क्योंकि शुभ

ने उनके लिए, प्लास्टिक लेंस बनवा दिया था।

"शमी इतना बेजान क्यों है?"

शमी ! शमी !

शमी के होठे ईषत् हिल उठे।

केतकी ने झुनककर फिर पुकारा, "शमी!"

"मौ-सी ! रुचि-रा?" शमी ने कोमल लहजे में जवाब दिया।

"डॉक्टर लाने गयी है।"

आँखें मूँदे-मूँदे ही शमी ने दरयाफ्त दिया, "थाने में ख़बर नहीं की उसने?"

"दिया था ! मगर वहाँ पुलिस का अता-पता नहीं था"

"मुहल्ले से कोई...?"

"बात मत करो, शमी!"

"गुस्से में...आदमी इतना बुद्धू हो जाता है? इत्ती बड़ी ईंट...कोई मारता है भला? बताइये?"

"अच्छा, इस वक्त चुप करो तो तुम। सिर मत हिलाओ-डुलाओ।"

केतकी दीवाल से टिककर, पाँव फैलाये बैठी रहीं। क्या हुआ होगा, वे अन्दाज़ा लगा सकती थीं। लेकिन, शमी ही क्यों दौड़ पड़ा? वह पाँव घिसटते-घिसटते अपने घर ही तो लौट रहा था। वह दौड़ क्यों पड़ा?

उन्होंने मन ही मन कहा – हे भगवान ! यह बच्चा अच्छा हो जाए। ठीक हो जाए। इसके सारे ज़ख्म ठीक हो जाएँ। आजकल इन्सान इस उस गैर-इन्सान की विपत्ति में यूँ दौड़ नहीं पड़ता। शमी ही दौड़ पड़ा था।

उसके घर के लोग भी भला किस किस्म के इन्सान हैं? लड़का घर नहीं आया, किसीको परवाह ही नहीं?

शमी लोगों के यहाँ जब आखिरी बार दुर्गापूजा हुई थी, तभी वे आखिरी बार उनके घर गयी थीं।

इस बात को भी तो बाइस या पच्चीस साल हो गये।

केतकी को कभी इतना वक्त तो नहीं मिला कि वे मुहल्ले में इस उसके घर घूमती फिरतीं। अब इसकी आदत ही ख़त्म हो चुकी है। अब मुहल्ले का जो मतलब लगाया जाता है, उस ढाँचे में केतकी की जगह कहाँ है?

जब वे निहायत निम्न मध्यवित्त इन्सान थीं, पति का निधन हो गया, खुद नौकरी करके उन्होंने शुभ को इन्सान बनाया, सभी कहते थे "महिला बेहद भली है। देखो, कितनी तकलीफ उठा रही है।"

मुहल्ले में उनकी जगह कहाँ है, यह समझने के लिए रुचिरा की माँ बैरोमीटर का काम करती थीं।

उन दिनों रुचिरा की माँ यहाँ आया करती थीं।

उन्होंने कहा, "सच्ची, बहना, आपको यूँ तकलीफ उठाते हुए, जितना-जितना देखती

हूँ... अगर मुझे नौकरी करना पड़ती, तो मुझसे तो एक दिन भी नहीं होता, भई।''

''मैं मैट्रिक भर पास हूँ, तो क्या हुआ, बैठे रह कर मेरा भला चलता? आप ही बताइये?''

उन दिनों रुचिरा की माँ कभी आम, कभी पटाली गुड़, कभी गोभी वगैरह ले आती थीं।

''मेरे मायके से आया है, बहना ! देखिए, कैसा रसीला आम है! मैं तो हाट-बाज़ार के आम मुँह से भी नहीं लगा पाती। मुहल्ले में आप ही के पास आती जाती हूँ, इसलिए, सोचा...''

शुभ जब घर छोड़कर चला गया, तब रुचिरा की माँ ने ''अहा...'' हाय-हाय कहकर हमदर्दी जतायी। उस वक्त मुहल्ले के और और बाशिन्दों ने भी 'अहा', 'हाय-हाय' कहा!

''अहा, बेचारी ने कितना-कितना दुःख तकलीफ उठाकर, पाल-पोसकर बड़ा किया, बेटे को वह सब कुछ याद नहीं रहा? उसने सब कुछ बिसार दिया?''

रुचिरा की माँ कहा करती थीं, ''अभी तक नौकरी किये जा रही हो, बहना, देख-देखकर मुझे बड़ी तकलीफ होती है।''

दुःख क्यों होता था? क्या सच ही दुःख होता था? वैसे खुद केतकी को काम-काज करते हुए बेहद भला लगता था। उन्होंने कामकाज शुरू तो किया था, बेहद लाचारी में। लेकिन काम करते हुए, उन्होंने धीरे-धीरे महसूस किया कि अपने पैरों पर खड़ा होनी कितनी भली बात है।

शुभ ने जब जगमगाता हुआ अपना एक कैरियर बना डाला; एक्स-रे या जाने कौन-सी मशीन बेचते-बेचते, उसने राका से ब्याह कर लिया, तब रुचिरा की माँ ज़रा भी खुश नहीं हुई। लेकिन मुहल्ले में केतकी की सामाजिक मर्यादा बढ़ गयी थी। उस ज़माने में भी पति-पत्नी का जगमगाता कैरियर, मारुति वैन, बेगलोर में ससुराल (उस पर से राका इकलौती सन्तान थी) — यह सब दाल-भात नहीं हुआ था।

रुचिरा की माँ ने कहा, ''आप भी कोई नया फ्लैंट खरीदकर 'शिफ्ट' हो जाइये न! गाड़ी भी खरीद ही सकती हैं।''

केतकी ने कोई जवाब नहीं दिया।

लेकिन इसके बाद के अध्याय से रुचिरा की माँ परम खुश हो गयी।

केतकी जब यहीं रह गयीं, जैसी पहले थीं, वैसी ही रह गयीं, तब उन्होंने कहना शुरू किया, समझती हूँ, बहना, मैं स-ब समझती हूँ। आप ठहरी पुरानपंथी, दकियानूस! वे लोग ठहरे आधुनिक। मॉडर्न जमाने के! दोनों में मेल कैसे हो सकता है?''

मुहल्ले के लोग-बाग़ में अब उन्हें कोई दिलचस्पी नहीं रही। हाँ, यह तो सच था कि शुभ और राका का अपना-अपना कैरियर है, अपना फ्लैट है। लेकिन, हाइराइज़ अब यहाँ....इस मुहल्ले में भी है। अब तो कुछेक और भी हाइराइज़ खड़े होने वाले हैं। हाइराइज़ अब और भी बढ़ेंगे। बेंकी और प्रसादी, मोहित और नीलम, सुब्बाराव और अग्नि ये सब भी कैरियर बनाने वाले दम्पति हैं। अब इस हाइराइज़ के गैरेज में किस्म-किस्म की गाड़ियाँ

गाड़ियाँ रहती हैं।

हाँ, तो केतकी के बारे में लोगों की दिलचस्पी अब कम हो चुकी थी। अब तो उनमें सिर्फ उन्हीं लोगों की दिलचस्पी थी, जो लोग यह चाहते थे कि वे घर बेचकर चली जाएँ।

अब केतकी उन्हें कैसे समझाएँ कि बेटे और बहू, अपनी ज़िन्दगी में सुखी हैं, वे खुद भी अपनी ज़िन्दगी में सुखी हैं, तृप्त हैं।

हाँ, जब देह टूटने लगेगी, सेहत गिरने लगेगी, तब क्या होगा, वे नहीं जानतीं। हे भगवान! उनकी सेहत कभी न टूटे! वे ठीकठाक रहें।

रुचिरा हाँ फते-हाँफते कमरे में दाखिल हुई। साथ में प्रदीप दत्त! इस मुहल्ले का नया-नया, छोटा-मोटा डॉक्टर!

"इन्हें आपलोगों ने फर्श पर लिटा रखा है?" उसने आते ही सवाल किया।

केतकी ने ही सफाई दी, "दरवाजा खोलते ही, बेचारा गिर पड़ा। किसी तरह खींच-खांचकर..."

"इतनी रात को...? देखता हूँ!"

मरीज को देखकर, प्रदीप डॉक्टर ने लम्बी उसांस छोड़ी।

'जख़्म काफी गहरे हैं। टाँके लगाने की हिम्मत नहीं हो रही है। इन्हें अस्पताल में भर्ती कराना ज़रूरी है।"

"आपके नर्सिंगहोम में?" रुचिरा ने गिड़गिड़ाते हुए कहा, "अपनी गाड़ी तो आप लाये ही हैं..."

"मेरे नर्सिंगहोम में?"

"आपने इसे पहचाना? यह कमल' दा का भाई है।"

"ओ!"

कमलज्योति और कुमुदज्योति का नाम इस मुहल्ले में काफी सुपरिचित है। वे दोनों शमी के जेठू-भाई हैं। राजनीति में काफी मज़बूत जड़ें जमाये हुए। एक भाई कांग्रेस और दूसरा सीपीएम। कमलज्योति हाउसिंग प्रमोटर और लैंड-डेवलपर भी है।

प्रदीप ने सोचने में कुल मिनट भर समय लिया। उसने शमी की नाड़ी भी जाँच की।

इस बीच केतकी पूछ बैठी, "नाड़ी कैसी चल रही रही है, डॉक्टर बाबू?"

"अरे, आप तो शुभम' दा की माँ हैं न?"

"हाँ, डॉक्टर बाबू।"

"तो बताना चाहिए था न! अरे, शुभम' दा तो मेरे बड़े भाई हैं। क्या कमाल के इन्सान हैं। इनकी नाड़ी कमजोर चल रही है। ऐसा तो होगा ही! इतनी गंभीर चोट जो लगी है..."

"देखिए, चाहे जितने भी रुपये लगें, लग जाएँ। मगर उसे बचा लीजिए।"

अरे, नहीं नहीं। अमर...अमर और दलू को भी बुला लें। ड्राइवर के साथ एक और आदमी का भी होना ज़रूरी है, वर्ना..."

रुचिरा ने पूछा, "मैं भी इसके साथ चलूँ?"

“गाड़ी में जगह नहीं होगी, मैडमा ऐसा करें, आप सुबह आ जाएँ --”

“फोन तो कर सकती हूँ?”

“अब रात के दो तो बज ही गये। फ़ोन न हो, सुबह ही...”

“ठीक है, डॉक्टर साहब!”

“जरा एक कम्बल ले आएँगी?”

शुभ का दिया हुआ उपहार, केतकी राजस्थानी लिहाफ ले आयी।

“डॉक्टर साब, कम्बल तो नहीं है, यह लिहाफ ही...”

“चलेगा! चलेगा! इससे भी काम चल जाएगा।”

गुस्से-गुस्से चेहरेवाला अमर और भावलेशहीन, पथराये चेहरेवाले दलू ने शमी को सावधानी से उठाया। केतकी और रुचिरा गाड़ी तक पहुंचाने आयीं। शमी को लिटाकर, अमर भी सामने बैठ गया।

प्रदीप ने हिदायत दी, “खूब धीरे-धीरे! झटका न लगे।”

गाड़ी आगे बढ़ जाने तक, रुचिरा वहीं खड़ी रही।

“रुचिरा, घर बंद करके आयी हो न!”

“उस वक्त, मैं इतना चिल्ला रही थी कि माँ ने ही सब बंद कर लिया था।”

“चलो, अन्दर चलो, या अपने घर जाओगी?”

“कोशिश तो जो करनी चाहिए थी, अपने भरसक किया...”

“और क्या कर सकते थे, बिटिया?”

“मेरे डैडी पैसा ज़रूर कमाते थे, लेकिन रात-विरात दौड़कर जाते भी थे। लेकिन हिमानी फार्मेसी का डॉक्टर बैनर्जी? कमबख़्त ने दरवाजा ही नहीं खोला और डॉक्टर मल्होत्रा के डे ऐंड नाइट सर्विस से किसी ने आने का ही नाम नहीं लिया। अन्त में, प्रदीप दत्त को...?

“ग़नीमत है कि वह आ गया — ”

“हाँ, लेकिन, उसके पैर पड़ना पड़ा। कमबख्त यह भी धूर्तता से बाज़ नहीं आया वह तो किस्मत से नीचे ही मिल गया...?”

“अब?”

“पता नहीं, किसका इलाज कर रहा था। इमरजेंसी में पूरे दम से काम चल रहा था। नर्सिंगहोम के सामने ट्रक खड़ी थी — ”

“इतनी रात को?”

“एक प्याली चाय पिलाएँगी?”

“चलो! दरवाज़ा बंद कर लूँ।”

बरामदे में खून के धब्बे। केतकी की जिस साड़ी पर शमी लेटा हुआ था, वे लोग, वह साड़ी ले गये थे।

“शमी...बच तो जाएगा?”

“बच जाएगा...उसने बात की थी।”

''चलिये।''

दोनों के कपड़े-लत्ते में शमी के खून के दाग़। दोनों ने एक-दूसरे की तरफ देखा।

''आप पानी चढ़ा दिजिये। असगर को भी बुला लें।''

''असगर शायद सीढ़ियों पर ही खड़ा था। वह लपककर नीचे उतर आया। वह सीढ़ियों से नीचे के माले पर गया, बरामदे की बत्ती बुझाकर फिर ऊपर आ पहुँचा।

''ऊ लोगन लै गये?''

''हाँ, मिस्त्री, रुचिरा ही तो डॉक्टर को पकड़कर लायी --''

''अल्लाह का यह कैसा खेल है, अम्मा?''

''अब, ये बातें रहने दो! चाय पीयोगे?''

''ना, अम्मा! वह तो तुमने मोरा नाम लिया, सो मैं नीचे उतर आया।''

थोड़ा ठहरकर उसने पसलियों तक में थरथराहट भर देने वाली उसाँस फेंककर कहा, ''जाकर, ज़रा लेटता हूँ, अम्मा! मोरे लिए तुम लोगन कितनी तकलीफ उठाय रहे हो।''

''ऐसा क्यों कहते हो? ऐसे वक्त में...तुम मौजूद थे, इससे कितनी...''

केतकी ने चाय भिगो दी।

''हमारे लिए मत बनाना। अम्मा। जबसे ई घर में घुसे हैं, तुम्हारी विपदा कट ही नाहीं रही। तुम लोगन का भला होगा, अम्मा। आजकल आफत-विपद में बेटा ही बाप को नहीं देखता। चाँदीपोता में सब ओर दुस्समनी ही दुस्समनी। न्ना। शहर में बाप-बेटा दूनो कामकाज करत हैं, खूब-खूब कमावत हैं, लेकिन जरूरत पर मुट्ठी भर चावल उधार देने को तैयार नाहीं होते। जबकि इत्तने-इत्तने नाते-रिस्तेदार भरे पड़े हैं।''

''ज्यादा मत सोचो, मिस्त्री। जाओ, लेट रहो। यूँ बैठे रहने से कोई फायदा नहीं है।''

''खैर, फायदा-नुकसान तो अल्लाह के हाथ में है, अम्मा।''

असगर धीरे-धीरे उठ खड़ा हुआ। उसके मन में अल्लाह पर अटूट विश्वास है। केतकी के मन में तो ऐसे विश्वास का भी ज़ोर कहाँ है कि वह कहें - सब कुछ गोपाल की माया है। यह सब वे ही करा रहे हैं।

हाँ, कभी यह विश्वास मौजूद था। शुभम् के पापा में, यह विश्वास हमेशा जगा होता था। ऐसा विश्वास होना भला है। किसी अदेखे, फिर भी समस्त चराचर में विद्यमान ईश्वर ही सब कराता है, यह विश्वास किया जा सके, तो भला होता है।

केतकी तो अपने में ऐसे विश्वास का ज़ोर ही नहीं खोज पाती।

उन्हें तो बार-बार यही ख्याल आ रहा है कि बोचा ने शमी को ईंट मारी...बोचा शमी को...बोचा शमी को...

''शमी के घरवालों को भी ख़बर कर देनी चाहिए।''

''सुबह हो लेने दें, फोन करूँगी। उस नर्सिंगहोम में रावने से नहीं चलेगा। खून ज़रूरत पड़ेगी। सीरियस केस है। वे लोग इन्तज़ाम करें...?''

''कमल और कुमुद यह सब करेंगे?''

''पता नहीं ! उसके जगे भाइयों में कौन यहाँ रहता है, कौन नहीं, वह तो कुछ भी

नहीं बताता। अपने घर के बारे में कभी, कोई बात नहीं करता...सिर्फ मेरी ही बातें करता रहता है।''

रुचिरा सिर हिलाती रही।

थोड़ा ठहरकर उसने दुबारा कहा, ''वह भी क्या सच बोलता है? सीरियस बातों को भी मज़ाक-मज़ाक में कह डालता है और मज़ाक की बातें, बेहद सीरियस मुद्रा में जाहिर करता है। कितने सालों से तो देख रही हूँ उसे...''

''लो, चाय-पीओ, रुचिरा।''

''उर्फ! दर्द से सिर फट रहा था। अब जाकर राहत मिली।''

''चाय पीकर मेरा भी मन हल्का लग रहा है।''

''तीन तो बज गये। अब सुबह होने में...''

''वह बोचा लोगों का ज़िक्र कर रहा था....''

''मैंने तो थानेवालों से कहा कि ननकू और लंका के गिरोह ने घंटातला बस्ती पर हमला किया है, आग लगायी है...। कहने लगे—आप नाम ले रही हैं, सबूत है आपके पास? सबूत...! शमी तो सुबह-सवेरे से घूम रहा था। लक्खन ने ही उसे बताया कि आज लूट होगी, आग जलेगी। लेकिन थानेवालों के सामने, शमी का नाम कैसे लेती?''

''फिर क्या कहा?''

''सच बात ही बता दी। मैंने हरनाम और सुजीत बाबू का नाम बता दिया। पुलिस ने मेरी बात पर ध्यान ही नहीं दिया। शमी तो सुबह से ही पगलाया हुआ था। ज़रूर वह उनके अड्डे पर पहुंच गया होगा।''

''उस वक्त वह घर नहीं लौटा?''

''नहीं। मुझे पता था, वह घर नहीं लौटेगा।''

रुचिरा, दीवाल के सहारे पीठ टिकाकर बैठ गयी और बातों की अगली कड़ी जोड़ी, ''उसे भला मैं नहीं पहचानती? मेरा ख्याल है, वह वहीं था। बोचा और उसके साथियों को रोकने गया था।''

''साथ-साथ का पढ़ा हुआ...ऐसे जाने पहचाने, मशहूर ख़ानदान का लड़का...!''

''इसलिए, शायद गर्दन नहीं उतारी।''

''यह क्या वही...ज़मीनों का झमेला है?''

''मेरा तो यही ख़्याल है ! और क्या बात हो सकती है, बताइये? इसीलिए ननकू वगैरह ने शोर मचा रखा था —'वे लोग आ रहे हैं, बम बाँधकर, तैयार रहो।' वे लोग आखिर किसके आदमी हैं? पुलिस भी जानती है कि वे लोग क्या हैं, लेकिन उन लोगों को कभी, एक बार भी गिरफ्तार नहीं किया। गुंडेबाज़ी करके ही तो उन लोगों ने घासपुकुर की बस्ती भी उजाड़ दी थी। वहाँ कौन मुसलमान रहता था? सबके सब धापा की तरफ, भेड़ी में मछलियों की खेती करते थे।''

''अब क्या होगा?''

रुचिरा ने आँखें मूँदे-मूँदे ही कहा, ''देखिएगा, तमाम अखबारों में यही ख़बर छपेगी

कि यहाँ समाजविरोधियों ने बस्ती पर हमला किया। घंटातला, बाबरी बाज़ार यह सब तो हिन्दू, मुस्लिम, ईसाई, गरीब-गुरबा लोगों की बस्तियाँ हैं। कहीं मुसलमान ही, सौ में सौ प्रतिशत मुसलमानों की बस्ती में लूट मचायेंगे, आगजनी करेंगे। वे लोग गुंडे हैं, सिर्फ गुंडे ! उनके लिए हिन्दू-मुसलमान में कोई फर्क नहीं है। अगर घंटातला में आग लगायी गयी, तो बहुत सारे हिन्दुओं का घर भी तो जलेगा।''

''उसके बाद?''

''अगर वे बस्तियां उजाड़ दी गयीं, तो वहाँ की जमीनों का क्या दाम होगा, ज़रा सोचिये।''

''बस्तियाँ उज़ाड़ देंगे?''

''ख़ैर, मुझे ज़मीन-टमीन की ख़ास समझ नहीं है.... लेकिन ललिता वगैरह तो बस्ती उच्छेद की जंग ही लड़ रही हैं। उनका कहना है कि बस्तियों का मालिकाना होता है। अब किसी का रिकॉर्ड मौजूद है, किसी का नहीं। हाल में बांग्लादेश से जो लोगा आये हैं, उनका कोई रिकॉर्ड है? राशन-कार्ड भी कितने लोगों का है? वे लोग घर का किराया देते हैं, उन्हें रसीद मिलती है?''

''उन लोगों का क्या होगा?''

''मिट्टी-कादे में गले-गले तक धँसे, पड़े रहना होगा।''

''शमी यह सब जानते-समझते हुए भी...?''

''हाँ, मौसी छाती तो उसकी फुँक रही थी। मुहल्ले का हाल नहीं देख रही हैं? सबके सब चुप्प। मुझे तो यह सोच-सोचकर अचरज हो रहा है कि इसी मुहल्ले में, मैं पली-बढ़ी बड़ी हुई हूँ।''

''थोड़ी देर सो रहोगी?''

''अब सोयी, तो सोती ही रह जाऊँगी। शबीना को तीसरे माले में बंद कर रखा है न? चलती हूँ।''

आँखें रगड़ते हुए रुचिरा उठ खड़ी हुई।

''आप भी तो वीर सिपाही थी तरह लड़ती रहीं...लड़ती गयीं...। चलिए, दरवाज़ा बन्द कर लीजिए। उसके बाद, थोड़ा सो लीजिए।''

''नींद क्या आएगी?''

''बिना सोये, बिना खाये, बीमार पड़ने से क्या फायदा, मौसी? कोशिश तो कीजिए।''

नहीं, कोशिश नहीं करना पड़ी। आँखों में, शरीर के अंग-अंग में नींद उतर आयी। गहरी नींद में कहीं आग लगती रही, आसमान लाल सुर्ख होता रहा। कभी शमी की आवाज़ — चश्मा तो पकड़ाइये, मौसी!

उसके बाद, सपने भी गुम हो गये !

बच रही नींद...सिर्फ नींद।

चार

"माँजी! ओ माँजी! सुनत हो? ई कइसी नींद है, रे बाबा? या तबीयत-वबीयत ख़राब है?"

मीनू की माँ की आवाज़ है न?

आँखों पर धूप चमकती हुई। कितने बज गये? केतकी ने अस्त-व्यस्त पोशाक में दरवाज़ा खोल दिया।

"ई का? साड़ी में खून कहाँ से लागा?"

"चल, अन्दर आ! बताती हूँ। दरवाज़ा बंद कर दे। मीनू कहाँ है?"

"ओका बाहर नहीं आने दिया। घर में भी कुछ नाहीं है। चावल ख़रीदे निकली थी। सोचा, तुम्हार काम भी करती जावें।"

"डॉक्टर के यहाँ नहीं जाएगी?"

"ना बाबा! तुम तो रुचि दीदी की माँ जइसी तो हो नाहीं! एक माले से कुदक्कड़ी मारकर तिसरे मामले में, कपड़ों की ढेरी फेंक आवेंगी। ना, भइया, उनके घर नहीं जावेंगी। अरे, ई क्या? दरवज्जे पर ई खून कहाँ से आवा?"

"शमी गिर पड़ा था, सिर फट गया। उसके बाद, उसे डॉक्टर के यहाँ...?"

"ईहाँ डांगदर कहाँ है? मीनू का बाप बुखार में भों होकर पड़ा है। जदी डांगदर मिल जावे, तो ओका अपने घर भी लै जावें।"

"तेज़ बुखार है?"

"मलेरिया है! लेकिन बाबूसाहब मच्छरदानी में नाहीं सावेंगे। अब, हम क्या करूँ? धूना देने से भला मच्छर भागत है? असल में, ऊ मरदूद हमरी जान कोयला करने आवा है। हमका फूँककर ही मानेगा।"

"काम में हाथ लगाओगी?"

"जितना कर सकूँ, झट् से निपटाय दूँ। हाँ, पोंछा नाहीं लगावेंगी। बस, झाड़ू-बुहारू देकर, पीवे का पानी भर दूँ बर्तन भाँड़े, जितना माँज देवें..."

बातें करते-करते ही मीनू की माँ ने दरवाजे और बरामदे में पानी ढलकाया।

"चलो, तुम उठ जाओ, वहाँ से ! जमीन जरा भीगने दो। बाद में झाड़ू फेर देवों।"

"तब तक मैं झटू से नहा आऊँ।"

"कपड़ा भी पानी में भिंजाकर रख देना, दाग़ तभी उठेगा।"

केतकी तेज़-तेज़ चाल में ऊपर चली आयी।

छत पर पहुँचकर, उन्होंने कहा, "चाय कुछ देर बाद दूँगी। नीचे कामवाली आयी है।"

इतना कहकर, उन्होंने छत का दरवाज़ा बंद कर दिया और नीचे चली आयीं। मीनू भी ऊपर आ पहुँची।

"ई सवेरे-सवेरे अचानक छत पर काहे चढ़ गयी?"

"कल आग देखने, छत पर चढ़ी थी, दरवाजा खुला रह गया था, सो बंद कर आयी।"

मीनू भी माँ एकतरफा बकबकाती रही और झाड़ू-बुहारू में जुटी रही।

"हाँ, देखोगी काहे नाहीं? तुम लोगन ने जो देखा। हम सबन ने सुना। क्या हद बमबाज़ी भई रे, बाप! चारों तरफ धुआँ हर धुआँ! हम सब ज़ोर-ज़ोर से चिल्लाती रहीं, जा, रे, थाने जा ! पुलिस बुला..."

"पुलिस बुलायी थी?"

"कौन बुलाता, माँजी! हमरे उधर भी तो घर-घर सब डर के दुबके बइठे रहे। अंत में बाड़ीवालों का बेटा बोला-- 'चिल्ला-चिल्लाकर जान मत दो, मौसी, तुमरे घर में भी लड्डू टपकाय देंगे। सब अपने-अपने घर में आलू बाँध-बाँधकर तैयार हैं...' अरे, ई का, ईहाँ बासन माँजा है?"

"हाँ, मीनू की माँ! बर्तन रहने दो ! तुम बस, पानी भर दो और जाओ।"

"हाँ, माँजी, देरी करने में भी हीया जात है। वैसे बाज़ार-हाट अभी तक खुला है। सब्जी-अनाज मिल रहा है।"

"बाज़ार में मिल रही है सब चीज़?"

"सब का पूछत हो?" थोडा रुककर उसने अपना जुमला पूरा किया, "अब जो है, सो है।"

"ई बैंगन तो सुखाय रहा है।"

"तुम ले जाओ।"

"देखूँ, पहले नीचे का काम तो निपटा आवें।"

"चलो, मैं भी चलती हूँ।"

झाडू देते-देते मीनू की मा ने पूछा, "खून की गंगा बह गयी थी न, माँजी?"

"हाँ, सिर बुरी तरह फट गया था —"

"कल जइसे ही ऊ लोग घंटातला की तरफ दौड़े, वहां भी थोड़ा-बहुत मार खाये। रात भर जाने कहाँ तो जाकर मरहम पट्टी कराते रहे, वदन कट-फट गवा था, टाँका लगवाते रहे।"

हाँ, कहीं पूरा नक्शा मिलता जा रहा है। अब सारे मोहरे यथास्थान बैठाया जा सकता है। रुचिरा के बयान मुताबिक, कल रात के आखिर पहर में, प्रदीप डॉक्टर का नर्सिंगहोम काफी व्यस्त था। नर्सिंगहोम के सामने ट्रक भी खड़ी थी। लेकिन, इस बारे में कोई राय जाहिर करना, ठीक नहीं होगा।

"मुसलमान लोग, बंगाली लोगन को मारे, तभी न ई लोग उनके घर में आग लगा लगाय दिये।"

"कोई मर-मरा तो नहीं गया?"

"कोऊ कहता है, सौ लोग मरे, कोऊ कहता है, पचास। अब का पता? हम कुछ ना बोले। मीनू को भी टाँच दिया कि खबरदार, मुँह से एक बात भी मत निकालना। ऊ तो बार-बार यही बोलत रही कि ईहाँ हम नाहीं रहेंगी। हमका नानी के ईहाँ पहुँचा दो।"

"अभी नहीं, मीनू की माँ! वैसे कोई मुसीबत की ख़बर लगे, तो यहाँ चली आना।"

"हाँ, घर छोड़कर हिली नहीं, कि ऊ लोग आकर मोरा सर्वस लूट ले जावें दिन-काल खू-ब बुरा है, माँजी। लो, सब साफ-सफाई कर दी, अब, चलो, दरवज्जा बंद कर लो। अरे, हाँ, शमी भइया गिर कइसे पड़े?"

"अरे, कुछ मत पूछो। चश्मा बिना उसे कुछ दिखाई तो देता नहीं। ठोकर खा गया और उसके अपना चश्मा तोड़ लिया। टटोल-टटोलकर यहाँ तक पहुँच भी गया, मगर दरवाजे पर ही लड़खड़ाकर गिर पड़ा। कितनी मुश्किल से मैंने...?"

"बड़ा भला लड़का है, माँजी। कभी हम उनके घर में भी काम करती थी। लेकिन उनके घर की बड़की बहू का जो मिजाज है और मँझली बहू को साफ-सफाई की जो सनक है , हमने काम छोड़ दिया। हाँ, शमी भइया से अगर रस्ते में भी भेंट हो जात है, तो भी हाल-समाचार पूछत है। शोभा दीदी, अच्छी हो न?"

मीनू की माँ चली गयी। हाँ, उसका नाम 'शोभा रानी' ज़रूर है, मगर उसे इस नाम से पुकारता कौन है? खैर, मीनू की माँ आकर कामकाज कर गयी। चलो, इसी तरह ज़िन्दगी स्वाभाविक हो उठे। केतकी और कुछ नहीं चाहतीं। वे सिर्फ रोजमर्रा की ज़िन्दगी वापस पाना चाहती हैं। मानो ऐसा हो जाए, तो सबकुछ सहज हो जाएगा।

लेकिन, वाकई क्या सबकुछ स्वाभाविक हो सकेगा?

पलाश को देखकर यह हरगिज नहीं लगेगा कि उसने हिंस्र गुस्से में उसे 'घोटी का बच्चा' कहा था।

अपनी पेंशन की रकम पाने के बाद, कभी-कभार वे ननी की दुकान पर 'देश' या 'नवकल्लोल' या 'साप्ताहिक वर्तमान' पत्रिका खरीदने को रुक जाती हैं। अब तो उन्हें शमी के चेहरे पर ननी के घूँसे की याद आएगी। शमी का चश्मा गिर गया है। चश्मा के बिना शमी का चेहरा कितना असहाय और हकबकाया हुआ लगता है।

रणजय को देखकर यह बिल्कुल नहीं लगता कि रात को उनके असहाय आवेदन के बाद, उसकी बीवी ने उसे फोन नहीं करने दिया। रणजय भी पीछे हट गया और उसने खिड़की बंद कर दी। जो लोग दूसरों की मुसीबत में अपने घर के दरवाजे बंद कर लेते हैं, जब उन पर मुसीबत आएगी, तो उन्हें भी दूसरों के पाँव पकड़ने होंगे, इस बात का ख्याल उन्हें क्यों नहीं आता? या रोजमर्रा का सिलसिला तो रहेगा, स्वाभाविकता नहीं रहेगी?

केतकी ने उठकर चाय बनायी। अपनी चाय वहीं ढँककर रख दी और गिलास भर चाय लेकर ऊपर आ पहुँची। उन्होंने चाय के गिलास को आँचल से ढँक रखा था।

"लो, मिस्त्री, चाय पीओ।"

असगर की आँखें सूजी हुई। रक्ताभ ! ऊबड़-खाबड़ दाढ़ी-मूँछ में वह और भी अजीबोगरीब लग रहा था।

''आज कामवाली आयी थी...?''

असगर क्या बौरा गया है? अचानक वह चीखनेवाला है? क्या वह उन्हें मारने पर उतारू हो जाएगा?

''हाँ, कामवाली आयी थी। अभी, देखो, कौन-कौन आता है या नहीं आता। तुम्हारा तो नल पर भी जाना रुक गया।''

असगर ने सूखी-सूखी आवाज़ मे जवाब दिया, ''नींद बिल्कुल नाहीं आयी। चार बजे भोर में ही सारे कामकाज से निपट आया। आज तबीयत ठीक नाहीं लग रही है, अम्मा! आज भात मत देना। मुरमुरे हैं न! वही सूखा-सूखा खाय लेंगे।''

''ठीक है, वही खा लेना।''

''अम्मा, तुम्हारा रेडियो नाहीं चलता?''

''चलता है! दे जाऊँ तुम्हें?''

''देंगी, अम्मा। खूब धीमे करके सुनूँगा। खूब धीमे।''

''ठीक है। धीमी आवाज़ में सुनना।''

''तुम नहा लो, अम्मा। साड़ी में खून...''

''हाँ, जाती हूँ। तुम दरवाजा अन्दर से बंद कर लो। बाहर से...चलो, छोड़ो। छत का दरवाज़ा तो बंद है। तुम अन्दर से सिटकिनी लगा लो।''

''एक बार कउनो तरह घर पहुँच जावें, तो...''

केतकी बाहर निकल आयी। रुचिरा के घर करी तीसरी मंज़िल बिल्कुल सुनसान थी। दूसरी मंज़िल पर रुचिरा की माँ शायद अपने से बातें कर रही थी, ''हमसे भला कुछ कहती है? 'जा रही हूँ—'' कहा और बस, हो गया। हज़ार हो, है तो लड़की जात ! लड़की जात का यूँ मर्दमार होना भला नहीं होता। शमी जाने कहाँ दंगा-फसाद करके लौटा, यह महारानी सात बार दौड़ गयीं। क्यों, भई, उसके अपने सगे-भी तो हैं।''

केतकी झटपट वहाँ से हट आयीं। जब वे नीचे, अपनी दूसरी मंजिल के वराम्दे में आ पहुँची, तब जाकर उन्हें लगा कि अब वे सुरक्षित हैं। वे मूढ़े पर बैठी-बैठी चाय पीती रहीं। आज का अखबार आँगन में ही पड़ा था। चलो, कोई बात नहीं। जब वे नीचे उतरेंगी, तो ले आएगी। उन्हें बेहद बेहद थकान लग रही थी। नहाँ लें, तो शायद बेहतर महसूस करें। मीनू की माँ जब आएगी, तो सारे कपड़े धो लेगी, वर्ना उनसे ही, जब, जितना हो सकेगा, धो लेंगी। जाने किस चीज़ से तो खून के दाग़ धुल जाते हैं। केतकी के पास एक अच्छी सी किताब थी - 'गृहस्थी की सैकड़ों बातें। उसमें सब कुछ लिखा हुआ था। ढेर सारी समस्याओं के ढेर सारे उपाय भी लिखे थे। पता नहीं, वह किताब कहां गुम हो गयी। चलो, वे कपड़े भिगोकर छोड़ देंगी।

मीनू ने पहले भी कहा था। अब से वे मीनू को अपने पास ही रख लेंगी। यूँ बिल्कुल अकेले-अकेले रहना...! निपट अकेले रहना... । उनके मन ने कहा, कोई उनके आस-पास

होता, तो अच्छा होता।

उन्होंने ताज़ा पानी से स्नान किया। हालाँकि अभी ख़ास सर्दी नहीं पड़ी थी। फिर भी उन्होंने खद्दर का ब्लाउज ही पहन लिया। आँगन से अखबार उठा लायीं। 'पूर्वी कलकत्ता में आधी रात को...' घंटातला के बने में कोई ख़बर छपी है?

केतकी फिर ऊपर चली आयी और धूप की तरफ पीठ करके बैठ गयीं। धूप में बाल सुखाने का उनका अभ्यास बरसों पुराना है। किस ज़माने में उनके बाल बेहद घने थे। अब तो काफी कम हो गये हैं। लेकिन आज भी वे भीगे बाल बर्दाश्त नहीं कर पातीं।

'...घंटातला में...एक बस्तीवासी के बयान मुताबिक...दंगा शुरू हुआ, रात दस बजे। शुरू में पुलिस ने हमलावरों पर लाठी चार्ज किया और चंद गोलियाँ बरसायीं। लेकिन पुलिस के चले जाने के बाद, लगभग बारह बजे हमलावरों ने दुबारा...उस इलाके के परिचित समाजविरोधियों के तीन सरगना उस हमले का नेतृत्व कर रहे थे।'

नाम देखकर, केतकी की समझ में कुछ नहीं आया। वे समझतीं भी कैसे? समाजविरोधियों के ढेरों नाम होते हैं। उन्होंने तो सिर्फ बोचा का ही नाम सुना था। किसी ज़माने में, वह इसी मुहाल के स्कूल में पढ़ता था। शिसकदार परिवार का लड़का। उसके दादा 'पी सिकदार लेन' के नाम का एक रास्ता भी है ! लेकिन अब सिकदार परिवार का काई भी सदस्य, इस मुहल्ले में नहीं रहता।

उनमें से कुछ का स्वर्गवास हो गया, कई यहाँ से चले गये या किसी अन्य राज्य के बाशिन्दे हो गये। इस मुहल्ले से सिकदार लोग ख़त्म हो गये।

अकेले बोचा ही पूरे रौब-दाब और दम-ख़पम के साथ ज़िन्दा है। किसी ज़माने में वह बेहतरीन फुटबाल खिलाड़ी था, कुछ दिनों के लिए वह किसी फिल्मी अभिनेता का बॉडीगार्ड भी रह चुका है। उसके बाद, जाली लॉटरी टिकट के धंधे में वह फँस गया। जब वह वापस लौटा, तो उसने समाजविरोधियों में अपना नाम लिखा लिया।

ये तमाम बातें, केतकी ने इस-उस बंदे की जुबानी सुनी थीं। बोचा को उन्होंने बहुत कम देखा है। अच्छा, शमी यह क्यों नहीं समझ पाया कि बोचा काफी ख़तरनाक है? वह अन्दाज़ा क्यों नहीं लगा पाया कि वह विश्वासयोग्य नहीं है? शमी क्या ज़िन्दा है?

चूँकि मीनू की माँ काम पर लौट आयी थी, इसलिए केतकी के मन में रोजमर्रा का जीवन लौटा लाने की चाह जाग उठी।

उन्होंने फ्रिज़ खोला। सब्जियां प्रायः ख़त्म हो चुकी थीं। टोकरी में सिर्फ आलू-प्याज भर बच रहा है। उन्होंने छोटी-सी थैली उठा ली। अगर कहीं, कुछ मिल गया, तो वे ख़रीद लेंगी। बाहर का दरवाजा खोलकर, जैसे ही वे सड़क पर आयीं, उन्हें अहसास हुआ, कोई शख़्स उन्हें बेहद सन्देहभरी निगाहों से घूर रहा है।

सामने रणजय खड़ा-खड़ा, गहरे शक से उनका चेहरा पढ़ने की कोशिश कर रहा था। 'बॉडी लाइन' प्रतिष्ठान की नौकरी या बीवी, दीपा की आँखों में वन्य कौतूहल। रणजय गला खँखारता हुआ, दो एक कदम आगे बढ़ आया।

''सॉरी, मौसी कल मेरा मतलब है, रात को...''

बिना कोई जवाब दिये, केतकी आगे बढ़ गयीं। सड़क पर अनगिनत जाने-पहचाने चेहरे। सबकी आँखों में गहरा कौतूहल !

केतकी ने किसी तरफ भी नहीं देखा।

सड़क के मोड़ पर, बाज़ार के सामने ही गपबाज़ियों की जमघट। वहां बातों की फूलझड़ियाँ छूटती हुईं।

"...उसके बाद ही तो उन लोगों ने अटैक किया। क्यों बुड्ढेराम, भड़क क्यों रहे हो? उस वक्त घड़ी में काँटोंकाँट एक बजकर अड़तालिस मिनट हुए थे। गुंडों के संग, अगर थाना न होता, तो....। अरे, छोड़ो, वह शमी नामक छोकरा ज़रूर उन्हीं के दल में शामिल है। आपको पता है, कल से ही... वह डॉक्टर की बेटी..."

जवाब में बूढ़े गोपाल बाबू ने झुंझलाकर कहा, "सिर्फ बतकही और बातों की फुलझड़ियाँ! मैं कहता हूँ, अगर बूता है, तो काम करके दिखाओ..."

"कैसा काम? बताएँ न, दद्दू कौन-सा काम?"

"यह बमबाज़ी बंद करो...थाने जाओ। व्हाट इज़ पुलिस, बट पब्लिक सर्वेंट! सिर्फ जनता का दास ! आखिर क्यों नहीं करोगे काम? लेकिन यह बात पूछे कौन?"

गंजेड़ी मुन्ना या गांजा मुन्ना, इतनी देर खड़ा-खड़ा, आँख मूँदे, उँगलियाँ नचा-नचाकर कुछ हिसाब-किताब कर रहा था। गोपाल बाबू की बात सुनकर, वह भी सिर हिलाने लगा।

"करेक्ट! बिल्कुल सही! मेरा भी यही कहना था। आ जा, दद्दू, आ जा! मेरे गले लग जा।"

दबी-दबी हँसी के फव्वारे गूँज उठे और अचानक थम भी गये। सबकी निगाहें केतकी पर गड़ गयीं।

केतकी सिर ऊँचा किये, नाक की सीध में आगे बढ़ती रहीं। यह सड़क, ये सब बातें, इन सब लोगों ने उन पर चाबुक बरसाकर, उन्हें कर्तव्य के प्रति सजग कर दिया था।

वे सीधे प्रदीप दत्त के नर्सिंगहोम की तरफ बढ़ती गयीं। सामने ही एक एम्बुलेंस। कोई पुलिस अफसर कमल से बातें करता हुआ। वहाँ कुछेक लड़के भी खड़े थे। इन लोगों ने किसी ज़माने में नागरिक समिति भी गढ़ी थी। रुचिरा लोगों के साथ रक्त-दान शिविर भी आयोजित किया था। शिवेन को केतकी पहचानती थीं। वह टाइपराइटर लिये, विजन सेतु के नीचे बैठा रहता था। उम्र अपेक्षाकृत ज़्यादा ही थी। करीब चालीस साल! वैसे उसमें ख़ासी हिम्मत थी। नौकरी-चाकरी के बिना ही, उसने विवाह कर लिया था।

उन्हें देखकर, सबने उनके लिए रास्ता छोड़ दिया। अन्दर शमी की माँ। कुमुद का बेटा, आंचलिक नेता लोग, गोविन्द बाबू और मटू।

रूबी वगैरह भी वहीं खड़ी थीं।

"शमी अब कैसा है, रुचिरा?"

"ये लोग शमी को किसी अस्पताल या कहीं और ले जा रहे हैं। आप क्यों चली आयीं? मैं तो आकर आपको हाल-समाचार देती ही।"

"अब उसकी हालत कैसी है?"

शमी के बड़े भाई भी यहाँ मौजूद हैं, केतकी को इसका अन्दाजा नहीं था। वह उनकी तरफ पीठ किये खड़ा था। अब वह पलटकर उनके आमने-सामने आ खड़ा हुआ।

''खून देना होगा। चोट बहुत गहरी और गंभीर है। कोशिश की जा रही है। इससे ज़्यादा कुछ कहा नहीं जा सकता, क्योंकि इस बारे में ज़्यादा कुछ न हम लोग जानते हैं, न डॉक्टर!''

कमल दो कदम आगे बढ़ आये। सफेद-बुर्राक, चुस्त कुर्ता! पाँवों में कीमती कोल्हापुरी ! संकट में संमत रहने वाला व्यक्ति।

''आपके ही घर में तो...?''

''हाँ!''

''शमी ने कुछ बताया था...?''

''दो-तीन बार बड़बड़ाया था--बोचा ने उसे ईंट मारी। कई बार यही बात दोहराता रहा।''

''मतलब, उस वक्त वह ग़लत-सलत तो नहीं बक रहा था?''

''उसने जो कहा, मैंने बता दिया।''

'पुलिस...''

पुलिस अफसर कमरे में दाखिल हुआ और उनके पीछे आकर खड़ा हो गया।

रुचिरा ने कहा, 'शमी की क्या बात है? बोचा ही क्यों, बाकी समाज-दुश्मनों को पुलिस गिरफ्तार क्यों नहीं कर रही है? कल रात पुलिस को फोन करते-करते...''

''देखिये, मैडम, आप उत्तेजित हो रही हैं--'' पुलिस ने आगाह किया।

'आप तो ख़ामोश रहें। कल रात....मौसी उसे सम्हाले, बैठी रहीं। मैं डॉक्टर की खोज़ में इधर-उधर दौड़ती फिरी। कहां थी पुलिस सुरक्षा? बोचा उसे इतनी बुरी तरह मार-पीटकर निकल कैसे गया? अब आप भी क्या करें? अब मुझे और मौसी को ही गिरफ्तार कर लीजिए। बोचा जैसे समाज-दुश्मन छुट्टे घूमते रहें। आपलोग यही तो कर सकते हैं।''

''रुचिरा। तुम आपे से बाहर हुई जा रही हो। बहुत ज़्यादा गुस्से में हो।''

''नहीं, कमल' दा, मैं गुस्से में नहीं हूँ। दुःख किस बात का है, पता है? आप लोग हम सबके बारे में नहीं सोचते, हालाँकि राजनीति करते हैं। साम्प्रदायिकता के खिलाफ, जातिवाद के खिलाफ और इन समाज-दुश्मनों के खिलाफ, अगर कोई स्टैंड लिया जाता, तो बस्ती हरगिज नहीं जलती। बेचारा शमी...बोचा जैसे लोगों को सब सिखाने की कोशिश में यूँ...चलिये, मौसी। कल मैंने किस किसको फोन नहीं किया? मैं रुचिरा हूँ, डॉक्टर दत्त की बेटी...मुझे कोई ज्ञान देने ने आये। चलिए तो मौसी।''

बाहर निकलकर केतकी ने कहा, ''शमी को ले जाने में, अभी भी इतनी देर क्यों कर रहे हैं?''

''यह तो वही लोग जानें, चलिए!''

शिवेन और उसके कुछेक साथी, आगे बढ़ आये, ''चलो, हम सब भी साथ चलते

हैं।''

''चलो, लेकिन मुझसे चाय नहीं बनायी जाएगी।''

''चाय फुलस्टॉप पिलायेगा।''

जिसका नाम फुलस्टॉप था, वह मुहल्ले का जाना-पहचाना चाय-दुकानदार था। केतकी जानती थी, उसका नाम रवि है। शिवेन उसे 'फुलस्टॉप' क्यों पुकारता है, वही जाने।''

''फुलस्टॉप, चाय पिला। जल्दी।''

''बहुत दिनों बाद...''

''भई एक बार तुम्हारी चाय पीकर...अरे, चाय के साथ मक्खियाँ भी तो नहीं उबाल रहे हो?''

रवि ने जुबान काटकर, इन्कार जताया।

''तभी जो छोकरा हुआ करता था...?''

''अरे, वो 'हाफ-टिकट' है कौन?''

''मेरा बेटा!''

''अच्छा है! अच्छा है! जो नक्शा तैयार किया है, वह हाफ-टिकट...साल-दर-साल होममेड प्रोडक्ट!''

''आप भी न...''

''स्कूल नहीं जाता?''

''जाता भी है...नहीं भी जाता! लो, तुम चाय पीयो, दादा ! एइ...अच्छी तरह देना।''

चाय पीकर, शिवेन ने पैसे चुकाये।

उसनें केतकी से पूछा, ''आपको कुछ ख़रीदना है?''

''आलू, सब्जी मिल जाएगी?''

''सब मिलेगी। इस मुहल्ले का रंग-ढंग बिल्कुल अलग है। बाज़ार में सबको...कुछ न कुछ मिल रहा है। बाकी सब इलाकों में तो हाहाकार मचा है। क्या ख़रीदना है?''

''एक किलो आलू और अगर करेला, बैंगन वगैरह कुछ मिल जाए ....।''

''मिल जाएगा। लाइए, रुपये दीजिए। तपन, ये समान वगैरह ख़रीदकर, तू रुचि के यहाँ चला आ भइये!''

रुचिरा का चेहरा-मोहरा स्तब्ध ! शक्ल देखकर ऐसा लग रहा था, जैसे वह किसी अमोघ खिंचाव में कहीं बही जा रही हो। निगाहें विस्मित!

रुचिरा की माँ दरवाजे पर ही खड़ी थीं।

''अच्छा, तो फिर एक झुंड जुटा लायीं?'' वे बिफर उठीं।

''माँ–''

''जब तक ज़िन्दा हूँ, बोलती रहूँगी...बोलना पड़ेगा मुझे। ख़ैर, जो ठीक समझती हो, करो। कुछ कहूँगी, तो मानोगी नहीं ! लेकिन, अब ज़रा नहा लो, कुछ मुँह में डालो, थोड़ी देर सो रहो। बताइये, दीदी, मैंने क्या कुछ ग़लत कहा?''

''ना, दीदी, आपने बिल्कुल ठीक ही कहा।''

"आइये, अन्दर आइये।"

वे लोग अन्दर चले आये।

"चाय बनाऊँ? रुचिरा की माँ ने पूछा।"

"नहीं, माँ, चाय हम सब पीकर आ रहे हैं।"

"मैं अन्दर जा रही हूँ। लेकिन, मीठू, तुम पहले नहाओ, कुछ खाओ और थोड़ी देर सो लो। उसके बाद जहाँ जाना हो, चली जाना। तुम्हें मेरी कसम है। मैंने भात-तरकारी पका दिया है।"

रुचिरा की मां दनदनाती हुई अन्दर चली गयीं।

शिवेन ऐश से टिककर बैठ गया।

"कल मैंने खायी थी उड़द की दाल और खसखस की सब्जी! आज खाऊँगा, मसूर की दाल और आलू-बड़ी की रसेदार तरकारी!"

"पका कौन रहा है? सीमा या तुम?"

"भई, मैंने खसखस पीस दिया था। हाँ, तो कहानी का 'मोरल' यानी सबक क्या है? खुद बिना खाये-पीये, शहीद होते-होते, कोई काम नहीं किया जा सकता। तुम्हारी माँ ने बिल्कुल ठीक कहा।"

"मौसी को और मुझे...यह सबक मालूम है।"

"यही बात मैं तो मौसी से भी कहूँगा। काम तो अभी शुरू या अभी शुरू भी नहीं हुआ, अभी से दम फूल गया, तो कैसे चलेगा?" शिवेन की आवाज़ कोमल हो आयी।

अचानक केतकी को ऐसा लगा, मानो इस कमरे में सिर्फ रुचिरा और शिवेन मौजूद हैं, और कोई नहीं।

रुचिरा के हमेशा से ही अनगिनत संगी साथी रहे हैं। शिवेन भी उसका पुराना दोस्त है। किन्हीं दिनों सबका यही ख़्याल था कि रुचिरा और शिवेन ब्याह कर लेंगे, मगर उन्होंने ब्याह नहीं किया। रुचिरा जब तलाक देकर लौट आयी, उसके बाद भी वे दोनों रुचिरा के घर के तीसरे माले के बरामदे में कभी-कभी गपशप करते हुए भी नज़र आने लगे। यह सब थोड़ा-बहुत उन्होंने तब देखा है, जब वे छत पर लिहाफ-तोशकों को धूप दिखाने, छत पर जाती थीं।

उन दोनों ने एक दूसरे से विवाह वहीं किया। शिवेन ने सीमा से विवाह कर लिया। वह टाइप किया करता है। घर में बैठे-बैठे भी टाइप का काम करता है। रुचिरा के साथ अभी भी कामकाजी दोस्ती है। सीमा भी गोल पार्क में स्थित लेडीज़ कॉर्नर, दुकान के लिए सलवार-कमीज़, मिडी, ब्लाउज वगैरह सिलाई करती है।

हर किसी ने अपनी जिन्दगी में अपने-अपने तरीके से अपना दायरा रच-गढ़ लिया है। अब रुचिरा के लिए केतकी को अफसोस होता है। उसकी जिन्दगी अभी भी पूरी नहीं लगती या फिर यह किसी और तरह की पूर्णता है, जिससे केतकी अनजान है।

रुचिरा ने शिवेन की तरफ भर नज़र देखा।

"लगता नहीं है कि शमी बचेगा--" उसने शिपिल लहजे में कहा।

''खून देने के बाद भी नहीं बचेगा?''

''खून देने में भी थोड़ा वक्त लगता है। पता नहीं, देर तो नहीं हो गयी।''

''वहीं मौजूद किसी नौजवान लड़के ने दुविधा जाहिर की, 'खून मिल जायेगा?''

रुचिरा ने सिर हिलाकर जवाब दिया, ''पता नहीं। हमसे जो हो सकता था, हमने किया। अब यह उनका पारिवारिक मामला बन गया है। मैंने तो कहा भी था कि अगर खून देने की ज़रूरत हो, तो हम तीन-चार लोग उनके साथ चल सकते हैं। लेकिन सुना है कि वे ही लोग सारा इन्तज़ाम कर लेंगे।''

''तो शायद कर ही लें --''

''वह हमेशा आता था...हमेशा चला आता था। मैंने सिर्फ बातें ही की...यूँ ज़िन्दगी तबाह नहीं की। शमी...ऐसा कुछ कर गुज़रेगा...''

''साहस तो उसमें हमेशा से ही था --'' शिवेन ने कहा, ''उस ख़ानदान का लड़का होकर, उसने ज़िन्दगी और तरह से गढ़ने की कोशिश की, यह क्या कम साहस की बात है?''

''कमल' दा ने कितना धमकाया...लेकिन, उसने एक नहीं सुनी।''

''सिर्फ आँख से ही वह लाचार...''

''हाँ, शिवेन! लेकिन अब यह अहसास हो रहा है सबसे ज़्यादा पावर का चश्मा पहनने के बावजूद, वह हम सबसे ज़्यादा गहरे तक देख सकता था।''

केतकी ने भी धीमी आवाज़ में कहा, ''देखता था या देख सकता था--ऐसी बातें नहीं करते, रुचिरा ! भगवान करें, शमी लौट आये ! लौटकर आ भी सकता है। कम उम्र का भरोसा, बहुत बड़ा भरोसा होता है।''

''मौसी, अगर आप न होती, तो पता नहीं...''

''अच्छा, अब मुझे घर चलना चाहिए। अब और ज़्यादा देर...''

''सभी पार्टियों और सिद्धान्तों के नेतागण शांति-जुलूस निकालने की सोच रहे हैं मैं सोचता हूँ, अपनी नागरिक समिति को भी अब सक्रिय कर डालूँ --''

''हाँ, शिवेन, मैं भी यही कहनेवाली थी। अभी, तुम कुछ कहना चाहते हो? तुम भी तो वहाँ गये थे।''

अभीक ने अपनी बगल में बैठे, उस नौजवान की तरफ देखकर कहा, ''मैं, सुमन, शांत, बादल--सभी अपनी-अपनी सायकिल से वहाँ पहुँचे थे।'

''वहाँ अब भी कुछ बच रहा है?''

''कुच्छ भी नहीं! कई सौ परिवार वहाँ राख टटोलने में जुटे थे।''

''परसेंटेज?''

''सेवेन्टी-थर्टी होगी।''

''कोई मरा भी है?''

''नहीं ज़ख़्मी हुए हैं। चौदह साल के एक बच्चे की उँगलियाँ उड़ गयी हैं। ठेरों ज़ख़्मी हुए हैं।''

''मदद तो नहीं आयी?''

''मदद क्या मिलेगी? थोड़े से चिड़वे-गुड़ ख़रीदकर दे आया हूँ। उन लोगों को डर है कि दुबारा हमला होगा।''

''पुलिस ने पहले ही समाज-विरोधियों को गिरफ्तार क्यों नहीं किया?''

शिवेन ईषत् हँस पड़ा।

''यह तुम कैसी बातें कर रही हो, रुचिरा? जो लोग वहाँ गये थे, उन लोगों की मदद कौन करता है? पिछली बार ननकू ने उस होमगार्ड का खून कर डाला, फिर भी उसे पनाह किसने दी?''

अभीक ने कहा, ''इस बार भी क्या उन लोगों को गिरफ्तार होने देंगे? जुबान से जातीय-शांति की बड़ी-बड़ी बातें करेंगे, और कामकाज में शेल्टर...पनाह, उन्हें देंगे।''

''फिर...?''

शिवेन ने धीमी आवाज़ में कहा, ''इसीलिए तो आज ही हम सबने यह फैसला किया है कि कल सुबह दस बजे हम खुली जुलूस के साथ, बाज़ार के चक्कर लगायेंगे, थाने में धरना देंगे।''

''कमल' दा और बाकी सब लोग आएँगे?''

''अगर आएँगे, तो अपने ही स्वार्थ से आएँगे। ये लोग सिर्फ 'वोट' वगैरह ही समझते हैं, और कुछ नहीं समझते। सो, वोट के स्वार्थवश ही, उनलोगों को हमारी जुलूस में शामिल होना पड़ेगा।''

''जुलूस में साथ चलने के लिए लोग-बाग़ की भीड़ मिलेगी?''

''खू-ब मिलेगी, बाज़ार के लोग, दुकानदार, रोज कुआँ खोदकर, रोज पानी पीनेवाले...सबकी नाक में दम हो गया है। है कि नहीं?''

''सारा कुछ सहज-स्वाभाविक कब होगा?''

''चलो, देखते हैं, इधर...घंटातला जल रहा है...सरकार क्या खामोश बैठी रहेगी?''

''ये साम्प्रदायिक कहाँ हैं? किस बात में हैं? इनका तो असल धंधा संत्रास फैलाना है, लूटपाट करके, आग लगाते फिरना है। इन लोगों का असली मकसद तो ज़मीनें दख़ल करना है। यही सब तो चल रहा है।''

''सुमन के बप्पा क्या कहते हैं?'' शिवेन ने पूछा।

''उनकी जो सब बोलने की आदत है। उनके मुताबिक यही बातें नस्त्राडयूस भी कह गया है। अभी तो और-और मुसीबत टूटने वाली है।''

''अच्छा, अब हम सब चलते हैं, रुचिरा। तुम भी ज़रा आराम करो। पोस्टरिंग का काम भी करना है।''

''मैंने और मौसी ने कुछेक पोस्टर तैयार किये हैं।''

''अभीक ने भी किया है। अब देखना यह है कि शमी क्या करता है।''

''शमी ठीक होकर लौट आये, मैं उसकी सारी बातें सुनूँगी।''

''हाँ, सुनना! ज़रूर सुनना! अकेले-अकेले आखिर कितना लड़ा जा सकता है,

रुचिरा?''

''हाँ, सुनूगी ! सुनते-सुनाते हुए, न जाने कब, वह फिर क्या कर बैठे।'' रुचिरा की आवाज़ सँघ आयी, ''कैसे समझूँ कि वह कब सीरियस होता है? मैंने अपने यहाँ के हेल्थ-प्रोग्राम के कुछ काम सौंपे थे उसे हम लोग अक्सर ही उसे थोड़ा-बहुत काम देते रहते हैं। आंत्रिक रोग का निदान क्या होगा, हमलोग इस बारे में उसकी फिल्म पर ही बातचीत कर रहे थे। उस बातचीत के बीच में ही वह पूछ बैठा - रुचिरा, मुझसे विवाह कब करोगी? मैंने उसकी बातों को कोई अहमियत ही नहीं दी। वह बस, बकबक करता रहा।''

शिवेन उठ खड़ा हुआ।

''जीवन बड़ा छोटा-सा है, रुचिरा ! तुम्हें अहमियत देनी चाहिए थी। ख़ैर, अब तुम आराम करो। कल से पहले ही ढेरों काम हैं। कम से कम अस्पताल जाकर शमी की ख़बर लेना भी एक काम है। हाँ, तो मौसी?''

''हाँ, कहो, शिवेन!''

''आज मैं आप के यहाँ सोने आऊँगा। आपने बोचा का नाम ले दिया। वे सब माल अभी छुट्टे घूम रहे हैं। जिस ढंग से इनका दिमाग़ चलता है, कहीं आपको ही सबक देने न पहुँच जायें।''

''चले जाना --''

केतकी का मन हुआ कि वे कहें -- वे लोग अगर आ ही गये, तो वे उन लोगो को रोक कैसे सकती हैं? अगर स्थितियाँ इतनी तेज़ी से बदलने लगें, तो उनके पास और कोई उपाय भी क्या है? असल में हर वक्त, हर परिस्थिति के लिए तैयार रहना होता है।

एक बच्चा, हाथ में थैली लिये, दौड़ता हुआ कमरे में दाखिल हुआ।

''जीत गया। मैं जीत गया। बैंगन और करेले मिल गये और बेकार से चार टमाटर मिले।'' लड़के ने हुलसकर कहा।

केतकी हँस पड़ी, ''और आलू?''

''दो किलो!''

''चलो, ठीक है। उसी रुपये में सब आ गया?''

''जरूर! जरूर! चिल्लर भी लौटाकर लाया हूँ?'

तब तक रुचिरा ने क्षीण आवाज़ में पूछा ''शिवेन, मैं अस्पताल नहीं जाऊँगी''

''नहीं! मर्दों पर कुछ तो भरोसा रखो ! हमलोग यूँ भी अन्दर ही अन्दर खार खाये बैठे हैं। जो-जो हमें करना चाहिए था, वह सब तुमने और मौसी ने कर डाला। जाओ ! तुम्हारी माँ ने ठीक ही कहा--''

केतकी भी उन्हीं लोगों के साथ निकल पड़ी।

हाँ, बहुत सारे लोगों के करीब आकर, उन्हें अच्छा लगा। अब घर लौटकर वे खाना पका सकेंगी; असगर को खिला सकेंगी; शाम को उसके पास बैठकर, उससे दो चार बातें करके भरोसा दे सकेंगी। वह शख्स चिन्ता, भय से अन्दर ही अन्दर बेजान हो आया है।

केतकी को उसने मुश्किल में डाल दिया। यही शर्म क्या कम है? लेकिन, शर्मिन्दा होने की तो कोई बात नहीं है। अगर वह मुसीबत में न होता, तो..."

पूरा दिन गुज़र गया।

असगर ने आज खाने को मना कर दिया था, करेले, बैंगन देखकर वह खुश हो गया।

क़ेतकी भी अब काफी निश्चित मन से खा सकती हैं, सो सकती हैं।

शाम होते ही, कर्फ्यू जारी; लेकिन आज की शाम कुछ और तरह की थी। गली-गली में पुलिस की गश्त जारी थी। जब कमल और कुमुद का भाई ज़ख़्मी हुआ है, तब पुलिस भी काफी हरकत में आ गयी थी। शिवेन पुलिस के साथ ही आ पहुँचा।

"मैंने पहुँचाने को कहा, पुलिस पहुँचा गयी। पुलिस ने उन लोगों का 'डेन'... क्या कहते हैं अड्डा घेर रखा है। गवर्नमेंट भी काफी सजग है। मुख्यमंत्री ने कहा है कि उन लोगों को दया दिखाने की कोई ज़रूरत नहीं है।"

"काश, इन लोगों को पहले ही गिरफ्तार कर लिया होता।"

"अब देखिये, बाद में भी धर-पकड़ करते हैं या नहीं। पुलिस भी 'बेचारी-बेचारी' हालत में पड़ गयी है। अरे, वह तो काम करना ही भूल गयी है, अचानक पब्लिक ही काम की डिमांड कर रही है। पुलिस तो सिर्फ रुपये खाना और नेताओं के हुक्म पर ननकू जैसे लोगों को बचाना जानती है। अचानक सारा कुछ उलट-पलटकर एकाकार हो गया है।"

"तुम इसी कमरे में सो जाना। खाना तो खाओगे न?"

"सीमा ने रोटी-सब्जी साथ दे दिया है।"

"शमी की क्या ख़बर है?"

"हरामज़ादा लड़का है! खून दिया हम लोगों ने, दोपहर तीन बजे के करीब ख़बर मिली, उस पर दवा का असर शुरू हो गया है। ईंट अगर कहीं बायी तरफ लगी होती, तो रेसपॉड करने की ज़रूरत नहीं पड़ती।"

"यानी अब वह बच जाएगा?"

"उसकी माँ तो, जब तक बेटे के प्राणों के लिए अभय-वाक्य नहीं सुन लेगी, तब तक वहाँ से हिलने को भी राजी नहीं थी। जब वे चली आयी हैं, तो इसका मतलब है, हाल-समाचार अच्छा ही है। खून बहुत ज़्यादा बह गया है चोट भी काफी गहरी और चिन्ताजनक है, इसलिए शायद काफी दिनों तक अस्पताल में ही रहना पड़े।"

"बस, वह किसी तरह जी जाए!"

"वह तो उसका बड़ा भाई आ पहुँचा, किसी काम से यहीं अटक गया, इसीलिए गनीमत हुई, वर्ना वह तो दूर...डनलप में रहता है।"

"आओ, तुम अन्दर बैठो!"

"आप सोयी थीं, मौसी?"

"हाँ–"

वे कुछ देर सोयीं; बाल संवारीं; जब शाम होने लगी, उन्होंने घर के कोने-कोने में बत्ती

जला दी। अब वे नीचे की बत्ती बंद करने जा रही थीं। अब जाकर, वे अपने को ज़रा-ज़रा संयत और आत्मस्थ महसूस कर रही थीं।

"इतने सारे पोस्टर, मौसी?"

केतकी एकदम से झेंप गयीं।

"मेरी तो हाथ की लिखाई भी अच्छी नहीं है, अब मुझसे कुछ होता भी नहीं है। जब रुचिरा के यहाँ पोस्टरों पर नज़र पड़ी, तो मेरे मन में आया कि मैं भी कुछ लिख डालूँ।"

"किस चीज़ से लिखी है?"

"लाल स्याही और रुई की तूली से पहले के दिनों में मैंने देखा है कि अखबार के कागज़ पर लड़के आलता से स्लोगन लिखते थे। सन् छियालिस के दंगे में ..."

शिवेन बिल्कुल ख़ामोश!

थोड़ा ठहरकर उसने कहा, "यह तो बहुत ज़्यादा है ! मैं भी थोड़ा-बहुत हाथ लगाऊँ? तब तो..."

"यह तो बहुत अच्छा होगा, शिवेन ! लेकिन खाने-पीने के बाद ! वर्ना हाथ में रंग लग जाएगा।"

"इतनी सारी लाल स्याही?"

"मीनू की माँ ला देती है। उसकी बहन का बेटा जाने किस कम्पनी में तो काम करता है। उन लोगों ने लाल स्याही भी बनायी थी। चली नहीं। मुझे अपनी छात्राओं की कॉपी देखने के लिए लाल स्याही की ज़रूरत पड़ती है। डॉट कलम से मैं लिख नहीं पाती।"

"आप और क्या करती हैं?"

"कुछ नहीं।"

"नहीं, अपनी नागरिक समिति तो अब मुझे फिर से शुरू करना है। हमारी तो निर्दलीय नागरिक समिति है, हालाँकि राजनीति के दलबाज़ लोग इसे शक की निगाहों से देखते थे।"

"अब कोई आएगा तो नहीं?"

"कर्फ्यू में भला कौन आएगा?" थोड़ा ठहरकर, उन्होंने फिर कहा, "ज़रा बैठो, शिवेन! मैं अभी आती हूँ। तुम्हारे पाँव पड़ती हूँ..."

"छिः छिः! आप क्या चाहती हैं, कहें न!"

"जब तक मैं न आऊँ, घर से बाहर मत निकलना... ।"

"नहीं, बाहर क्यों निकलूँगा? शुभ दा का क्या हाल-समाचार है, मौसी?'

'ठीकठाक ही है।"

"अच्छा, तब तक मैं समाचार सुनता हूँ।"

"हाँ, सुनो न!"

केतकी ऊपर चली आयीं, आज असगर को बताने लायक ढेर-ढेर ख़बरें हैं। सारी खबरें हताशाजनक नहीं हैं।

उन्होंने सोचा, वे उसे तसल्ली देंगी, "सुनो, तुम्हारे चाँदीपोता में सब कुशल-मंगल हैं या नहीं, वह मैं नहीं जानती, मगर तुम्हारा या किसी रमेश, दिलीप, मधुमय वगैरह का कहीं,

कोई नुकसान होता है, तो उस शर्म से शर्मिन्दा होनेवाले लोग, अभी भी बच रहे हैं। फिलहाल, यह भी काफी है।''

पांच

असगर ने रात को ही साबुन घिस-घिसकर अपनी लुंगी और गंजी धोकर-साफ कर ली थी। अलस्सुबह उठकर, झाडू देकर, पानी ढलकाकर, उसने तीसरी मंज़िल का कमरा धो-पोंछकर चमका डाला! कमरे में जितना कबाड़ जमा था, उसे एक कोने में तरतीब से रख दिया।

केतकी ने कहा, ''तुम तो इस तरह कामकाज में लगे हो, जैसे सड़क तक पहुँचते ही, दे छूट, दौड़ लगाओगे।''

''काहे? जलूस में नहीं जाना है?''

''हाँ, सो तो जाना ही है।''

''फिर? अरे, आगी पर ऊ का चढ़ाये हो?''

''थोड़ा सा भात ! इसे पेट में डालकर जाओगे, तो मन निश्चिन्त रहेगा।''

''यही तो बात है, अम्मा। अपने बेटे के लिए माँ नहीं सोचेगी तो और कौन सोचेगा? लाओ, दो जो दोगी, पेट भरकर खा लूँगा।''

खाना खाते-खाते उसने कहा, ''अब से अंजीर, थोड़, साग, अनाज....जब, जो ला पावेंगे, दै जावेंगे। ईहां की तरकारी में, ख़ास सवाद नाहीं होता, माँ।''

''हाँ, ले आना!''

''सब ज़रा शांत हो जावे, तो पूस के महीने में तुमको भी लै जाऊँगा। ऊँहा पीर मज़ार पर बहुत बड़ा मेला लागत है, अम्मा ! जो-जो मानस मनौती करत है, सब पा जात है। कित्तनी रंग-बाती होत है। सकल मानस आवत हैं।''

''ठीक है, ले चलना !''

असगर को खाना देकर, केतकी ने अपनी अलमारी खोली। हाँ, वे जाएगी। जुलूस में ज़रूर जाएँगी। गर्व से सिर ऊँचा करके जुलूस में शामिल होंगी। उन्होंने राका की दी हुई, सफेद वायेल की कीमती साड़ी निकाली। नया ब्लाउज भी ! कस-कसकर बाल सँवारे!

''रुचिरा ने आवाज़ दी, मौसी--''

''आयी। चलो, मिस्त्री!''

असगर अस्तर लगा झोला लिये दिये नीचे उतरा।

''या अल्लाह!''

''चलो, हम राजारतला जा रहे हैं।''

''ऊहाँ, सब लोगन आवेंगे?''

''हाँ, सब वहीं आएँगे।''

''शमी भइया कइसे हैं, अम्मा?''

''बच गया। जान कार उसे बिल्कुल डर-भय नहीं है, लेकिन अभी कुछ दिन उसे अस्पताल में ही रहना होगा।''

''वाह! कितनी अनमोल जान है उनकी!''

''हाँ, बेहद अनमोल!''

इतवार की सुबह से ही कर्फ्यू मुक्त, राजारतला इलाके में लोग एक-एक करके जमा होने लगे।

शिवेने कहा, ''आएँगे क्यों नहीं? दरवाजे दरवाजे घूमता रहा? सबसे कह आया -- जो नहीं जाएगा, उसे मैं देख लूँगा। शमी ने चोट खायी, तो तुमलोग क्या बच जाओगे?''

सीमा ने कहा, ''यह बात, माइक पर कहो, जी!''

शिवेन की गहरी-गहरी आवाज़ गूंज उठी, 'धिक्कार है, साम्प्रदायिक मनोभाव को ! धिक्कार है उन समाज-दुश्मनों को, जिन लोगों ने ज़मीनलोभी लोगों की स्वार्थसिद्धि के लिए घंटातला में, चंद मुसलमानों की झोपड़-झुग्गियाँ जलाकर राख कर डालीं। धिक्कार है, उन राजनीतिक पार्टियों को, जो समाज-दुश्मनों को आश्रय और प्रश्रय देते हैं और...'

''बूढ़ा गोपाल बाबू बोल उठा, 'पुलिस को बचाकर बात क्यों करते हो?''

''धिक्कार है उस पुलिस को, जो समाजविरोधियों से हाथ मिलाकर चलती हैं। दोस्तो, जिन लोगों ने शमी पर हमला किया, उन लोगों को आप कभी माफ मत कीजिएगा। चलिए, हम थाने की तरफ चलें। थाने का घेराव करें। चलिए, घंटातला की ओर! उन बेघर, उजड़े लोगों को दिलासा दें कि हम सब तुम्हारे पास हैं, तुम्हारे साथ हैं; हम सब....''

शिवेन ठिठक गया।

समूचे बाज़ार में हड़कम्प मच गयी। सबकी आँखों में विस्मय! महाविस्मय!

सामने से एक छोटा-सा दल आ रहा था। रुचिरा, असगर, शबीना, केतकी, मीनू की माँ और कई अन्य लोग।

हर किसी के हाथ में पोस्टर लहराता हुआ। सफेद कागज पर लाल रंग से लिखा हुआ इश्तेहार!

जुलूस की आवाज़ गूँज उठी --

दंगा नहीं, चाहिए शांति, हिन्दू-मुस्लिम भाई-भाई।

जातिवाद को पाँव रखने नहीं देंगे। रखने नहीं देंगे।

बाज़ार के लोग भी धीरे-धीरे आगे बढ़े और जुलूस में शामिल हो गये। सब मिलकर, कतार में, थाने की ओर बढ़ने लगे।

केतकी ने कहा, ''शमी को जब पता चलेगा...''

''उसे चैन मिलेगा।''

"जो शुरू किया है, उसे रुकने मत देना, रुचिरा।"

"अब भला थमने दूँगी?"

रुचिरा ने चींखकर मांग की--'कुख्यात समाजविरोधियों को गिरफ्तार करो !'

जुलूस चिल्लायी--गिरफ्तार करो! गिरफ्तार करो!

केतकी का मन भर उठा। वे गद्गद हो आयीं। यह कृष्ण पक्ष क्या ख़त्म हो रहा है? आसमान में तो यह अस्त हो जाता है, अब धरती पर भी अस्त हो जाए। समूची दुनिया से अस्त हो जाये--उन्होंने मन ही मन प्रार्थना की।

महाश्वेता देवी

बंगला की प्रख्यात लेखिका महाश्वेता देवी का जन्म 1926 में ढाका में हुआ। वह वर्षों बिहार और बंगाल के घने कबाइली इलाकों में रही हैं। उन्होंने अपनी रचनाओं में इन क्षेत्रों के अनुभव को अत्यन्त प्रामाणिकता के साथ उभारा है।

महाश्वेता देवी एक थीम से दूसरी थीम के बीच भटकती नहीं हैं। उनका विशिष्ट क्षेत्र है—दलितों और साधन-हीनों के हृदयहीन शोषण का चित्रण और इसी संदेश को वे बार-बार सही जगह पहुँचाना चाहती हैं ताकि अनन्त काल से गरीबी-रेखा से नीचे साँस लेनेवाली विराट मानवता के बारे में लोगों को सचेत कर सकें।

गैर-व्यावसायिक पत्रों में छपने के बावजूद उनके पाठकों की संख्या बहुत बड़ी है। 1979 में उन्हें साहित्य अकादमी पुरस्कार से सम्मानति किया गया।

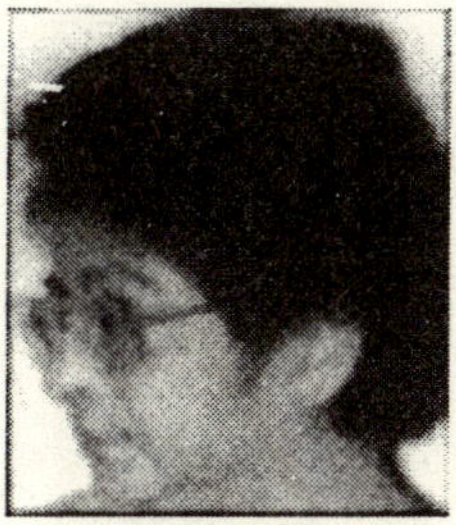

अनुवादिका

सुशील गुप्ता

लगता है, मैं किसी ट्रेन में बैठी, अनगिनत देश, अनगिनत लोग, उनके स्वभाव-चरित्र, उनकी सोच से मिल रही हूँ और उनमें एकमेक होकर, अनगिनत भूमिकाएँ जी रही हूँ। ज़िन्दगी अनमोल है और जब वह शुभ और सार्थक कार्यों और सरोकारों से जुड़ी हो, तभी हम इन्सान बन पाते हैं। लेकिन, अपनी समूची ईमानदारी और सच्चाई के बावजूद, मेरी राह, मेरे रिश्ते, मेरी ज़िन्दगी गडमड हो गयी। मुखौटे पहने ख़ुदगर्ज़, क्रूर लोग, मुझे मौत की यतीम खाई में धकेलकर, जब ज़िन्दगी का जश्न मनाने चल पड़े, तो औरों के सच...और ख़्यालों... और तजुर्बों के अनुवाद और अनुकृति ने मुझे थाम लिया—मैं हूँ न! और मेरी राह गुम होने से बच गयी। ये अनुकृतियाँ इस बात की सनद हैं कि सरोकारों में सच भी है और झूठ भी। जिसे, जो नसीब हो या हम जो भी चुन लें, हमें सुविधा है।

अब तक लगभग 50 उपन्यासों का अनुवाद! 3 काव्य-संग्रह! कई-कई पुरस्कारों सहित, अपने हिन्दी पाठकों के अमित प्यार का पुरस्कार।